dtv
premium

Andreas Kollender

Vor der Wüste

Roman

Deutscher Taschenbuch Verlag

Von Andreas Kollender
sind im Deutschen Taschenbuch Verlag erschienen:
Teori (20680)
Der Todfeind (24278)

Originalausgabe
April 2004

www.dtv.de
Umschlagkonzept: Balk & Brumshagen
Umschlaggestaltung unter Verwendung einer
Fotografie von © photonica/Michael Gesinger
Satz: Fotosatz Reinhard Amann, Aichstetten
Gesetzt aus der Bembo 10,5/12,5˙ (QuarkXPress)
Druck und Bindung: Kösel, Kempten
Gedruckt auf säurefreiem, chlorfrei gebleichtem Papier
Printed in Germany · ISBN 3-423-24393-7

Für G. K.

Für H. K. in memoriam

Nichts fürchtet der Mensch mehr als die Berührung durch Unbekanntes [...] Die Hand, zur Kralle geformt, wird als Symbol für diese Angst immer wieder verwendet.

Elias Canetti, ›Masse und Macht‹

Wenn einer ganz genau erklären kann, wie es sommertags in der Bertham Street riecht, wenn es aufhört zu regnen, kann man nicht einfach behaupten, er sei verrückt, nur weil er nie in der Bertham Street gewesen ist.

Alessandro Baricco, ›Novecento‹

Prolog: Über der Stadt

Frau, auf einer Dachterrasse in der Medina einer orientalischen Stadt am Atlantik westlich der Sahara:

»Er wollte mich nicht in einen goldenen Käfig sperren, nein: er wollte mich in eine Glasvitrine stellen. Er wollte einen Extrasaal im Museum für mich bauen. Ich glaube, er hat mich mehr verehrt als je ein Mann zuvor. Auf seine Art.«

Mann: »Mehr verehrt, als ich dich verehre?«

Frau: »Ja.«

Ein heftiger Windstoß, typisch für die Stadt, in der wir uns befinden, drückt die beiden Gestalten zur Seite.

Frau, spricht gegen den Wind an: »Er lebte in einer anderen Welt. Er wollte dort bleiben. Ich nicht. Die Welt ist nicht gut. Aber leben will ich in ihr.«

Mann, laut: »Ich auch. Mit dir.«

Frau: » . . .«

Mann: »Wo mag er jetzt sein?«

Frau, laut, als müsse sie nach dem Mann an ihrer Seite rufen:

»Wahrscheinlich da, wo er immer sein wollte. Für ihn ist es dort nicht schrecklich. Für die meisten anderen wäre es schrecklich. Für ihn nicht. Ich bin mir sicher, daß er von Marrakesch direkt Richtung Osten gefahren ist.«

Mann: »Richtung Wüste?«
Frau breitet die Arme aus.
Mann: »Komm, laß uns hineingehen.«
Frau: »Ja, gehen wir rein.«
Mann: »Ich liebe dich.«
Frau: »Ja.«
Mann: » . . .«

Stadt des Windes

»Ich dürfte gar nicht hier sein«, sagte er mir später.

Es sei eine laute, deutliche Stimme in ihm. Aber je länger er unter dieser Sonne lebe, desto mehr vermindere sich die Stimme zu einem Flüstern, das die Worte unaufhörlich wiederhole: »Nicht hier sein. Nicht hier sein«, bis er, so erzählte er und starrte mich aus dem gesunden Auge an, bis er die Faust balle und sage: »Ich. Bin. Hier. Und ... sie ... ist auch hier. Irgendwo.« Und das sage er mit einer Stimme, die keinen Widerspruch mehr zulasse.

»Schon wieder so ein Essaouira-Freak«, dachte ich, als ich den Mann zum ersten Mal sah. »Ein Verrückter mehr.«

Ich schaute durch die Dampfschlieren über dem Teeglas. Der Mann humpelte aus dem Schatten der Tunnelgasse auf den sonnengefluteten Platz. Er zog das linke Bein nach. Sein Oberkörper wankte. Trotzdem hatte sein Gang etwas Entschiedenes. Der Mann beugte sich dem Wind entgegen. Er trug einen Tropenanzug, sandfarben, mit aufgesetzten Taschen, dazu halbhohe Lederstiefel mit einer Schutzlasche über der Schleife. Sein rechtes Auge war von einer Klappe bedeckt. Das mattschwarze Material stanzte ein Loch in das Gesicht des Mannes. Ich konnte nicht erkennen, was außer der Augenklappe noch in das Gesicht gezeichnet war. Irgend etwas stimmte nicht. Der Mann ging bis zur Mitte des Platzes, sah sich um und blieb stehen. Einen Moment lang verharrte er, dann spreizte er die Hände von den Hüften weg und drehte sich einmal um sich selbst.

»Wen haben wir denn da?« Eine segensreiche Frage für mich, über deren schriftliche Beantwortung mir schon viele Euros aus Deutschland auf mein marokkanisches Konto überwiesen worden sind.

Wie es um meine eigene Verrücktheit bestellt ist, weiß ich nicht zu sagen. Als ich vor fünf Jahren, aus Deutschland angereist, vor dem Bab Sbaa aus dem Taxi gestiegen bin, vier Koffer auf einen Eselskarren laden ließ und wochenlang in den leeren Räumen wohnte, die heute meine Galerie sind, machte mich das in den Augen der Einheimischen zweifellos zu einem Sonderling. Aus dem Paradies wegzugehen, und Deutschland gilt vielen hier als Paradies, sei so unbegreiflich wie ohne Wasserkanister die Wüste durchqueren zu wollen.

Der Mann stand still. Er hatte die Hände in die Hosentaschen gesteckt. In seinem Tropenanzug schien er einem Abenteuerfilm entstiegen, in dem er eine Gruppe unerfahrener Europäer durch die Wüste führte.

Die meisten Menschen unterschätzen die Wüste.

Nachdem ich als junger Mann eine unbestimmte Zeit in der Wüste gewesen war, hatte sich ein vollkommen neuer Gedanke von Endgültigkeit in mein Leben genistet. Mein Leben erschien mir seitdem sauberer. Vor wenigen Monaten wollte eine Familie aus Deutschland mit dem Auto einen Teil der Sahara durchqueren. Soweit ich mich an den Zeitungsartikel erinnere, war es irgendwo in Tunesien. Sie sind nach etwa hundertfünfzig Kilometern von der Piste abgekommen. Eine Karawane fand die Leute. Der Vater lag zehn Meter vom Auto entfernt mit ausgestreckten Armen im Sand. Die Mutter lehnte mit dem Rücken am glühenden Blech. Die beiden Kinder, ein Junge und ein Mädchen, waren Hand in Hand auf dem Rücksitz zusammengesunken. Ihre Blechtassen sollen nach Ammoniak gerochen haben.

Der Mann näherte sich der Terrasse des Essalam. Mit jedem Nachziehen seines Beines verringerte sich meine Irritation über sein Gesicht. Die seltsame Zeichnung stammte von rotschwarzen Schrammen, die sich von der Augenklappe aus über seine Wange zogen. Auf seinen Händen klebten Pflaster.

Der Hal durchwehte die Hitze.

Die Menschen an den Tischen vor den Cafés beobachteten den Mann. Ihre Gesichter wandten sich einander zu, ich sah sie sprechen. Der Kellner des Café de France wies mit dem Zeigefinger auf den Mann und sagte etwas. Ein Mann mit weißem Hemd und schwarzer Weste hielt sich den Bauch und lachte lauthals. Der Fremde ging in Richtung Hafenmauer weiter. Er drehte regelmäßig den Kopf nach rechts, in die Richtung, in die er wegen seines eingeschränkten Gesichtsfeldes nicht sehen konnte. Er war ein Neuankömmling. Ganz sicher. Ich sitze jeden Vormittag hier unter der Markise des Essalam. Ich beobachte die Menschen auf dem Platz. Ich trage immer und überall einen Notizblock bei mir.

»Das Fremde ist eine Sucht«, schrieb ich. »Es ist ein Korrektiv, ein beglückender Wahn, ein Rausch. Es kann einen Menschen ängstigen bis zur Katastrophe. Es kann verstörend sein bis zur Krankheit. Es ist manchmal ganz nah. Menschen lieben oder hassen es. Das Fremde ist extrem.«

Dieser Mann war hier fremd. Seine Drehung um die eigene Achse hatte etwas von einem »Ich faß es nicht«, dieses Ausdrucks der Begeisterung und des Schreckens. Ich habe ähnliche Reaktionen schon bei vielen Europäern, Asiaten oder Amerikanern hier in Essaouira gesehen. Erst war es nur eine fixe Idee gewesen, über meine Beobachtungen zu schreiben, aber nachdem ich anderthalb Jahre hier war und die Galerie nur schleppend in Gang kam, schickte ich meine kleinen schriftlichen Porträts an verschiedene Magazine in Deutschland. Und siehe da, einige der Chefredakteure schlugen mir vor, regelmäßig über Fremde in Marokko zu schreiben, über europäische Hoteliers, Diplomaten, über Lifestyle, über arabische Gärten und »Bitte Paul, wenn Sie möchten, dann hängen Sie das immer an einem Ihrer kleinen Porträts auf.« So verdiente ich mir ein stattliches Zubrot.

Ich zündete mir eine Zigarette an. Ich konnte dem Mann von meinem Platz aus bequem nachblicken.

Die Fischer haben ihre Grillstätten entlang der Hafenmole aufgebaut und ein Sonnensegel darüber gespannt. Sie grillen den auf schrägen Holzflächen dargebotenen Fisch in Eisenkörben. Hunderte von Möwen zerhacken den Himmel über dem Rauch. Die großen Krebse bewegen sich in salzwassergefüllten Plastikeimern.

Der Mann guckte in einen der Eimer.

Immer wieder versuchen einzelne Tiere, aus dem Eimer zu klettern. Manchmal, wenn der Krebsfang gut war und die Eimer voll sind mit klackenden Bewegungen, schafft es eines der Tiere: es kämpft sich über die Panzer der anderen so weit nach oben, daß es eine Schere über den Rand legen kann. Die Männer schubsen es dann zurück oder opfern diesen Krebs der Gaumenfreude.

Ein Fischer in blutverschmiertem Kittel sprach den Mann an. Erst reagierte er nicht und starrte in den Eimer. Dann nickte er. Er sah zu, wie einem Krebs die Beine abgedreht wurden, Blut und Salzwasser aus den Löchern quoll, wie er aufgeknackt, auf eine feuer- und fettgeschwärzte Grillgabel gesteckt und auf die Glut gelegt wurde.

Der Mann schwang das gesunde Bein über die Bank, griff mit beiden Händen um das verletzte Bein und hob es über die Sitzfläche. Einer der Fischer lief mit ausgestreckten Armen auf ihn zu. Aber der Mann hob abwehrend die Hände und schien etwas zu entgegnen.

Er aß den Krebs und drei Fische. Doraden, glaube ich. Und währenddessen drehte er immer wieder den Kopf und die Schultern und blickte über den Platz und an der Hafenpromenade entlang.

Als ein Tellerwäscher das Geschirr abräumte, sprach der Mann ihn an. Er zeigte ihm ein Foto, das er aus der Brusttasche der Jacke gezogen hatte. Der Tellerwäscher streckte die Hand nach dem Bild aus. Der Mann zog es zurück und hielt es mit beiden Händen fest. Der Marokkaner schüttelte den Kopf. Ein weiterer Mann kam, sah sich das Bild an und kratzte sich am Bart. Der Fremde hielt dem Betrachter das Bild näher vor die Augen. Aber dann schüttelte auch der bärtige Mann den Kopf.

Ich bezahlte Couscous und Tee. Ich wollte den Mann nicht aus den Augen verlieren. Für jemanden wie mich kann solch ein Mensch allein durch sein Aussehen und seine Bewegungen den seltsamen Apparat des Geschichtenerzählens anwerfen. Mehr brauche ich nicht. Nur etwas, das mich berührt, ohne daß ich mir Gedanken über einen Sinn oder eine Moral mache: eine Blechtasse, eine interessante Frau, ein Mann im Tropenanzug.

Ich folgte dem Mann. Er humpelte unter dem Kanonenturm hindurch in den Hafen. Schiffsskelette bogen ihre Spanten wie Rippen ausgeweideter Dinosaurier in den blauen Wind. Er ging weiter zur Uferpromenade vor dem Sandstrand. Kamelreiter beugten sich aus dem Sattel zu ihm hinab. Der Mann schüttelte den Kopf. Er ging an der Nachtbar vorbei, deren Fenster und Türen vernagelt waren, und humpelte hinunter zum Sand. Als ich bei dem ersten Kameltreiber ankam, deutete ich mit dem Kopf nach dem Fremden.

»Deutsch«, sagte der Mann. Auf so etwas kann man sich hier verlassen. Marokkaner haben einen für mich bis heute unerklärlichen Blick für die Nationalität von Fremden.

»Hast du ihn sofort auf deutsch angeredet?«

»Ja. Hat ihm nicht gefallen. Mochte er nicht. Der will nicht als Deutscher erkannt werden.«

»Sehr sympathisch«, sagte ich.

Nach etwa fünfzig Metern ließ sich der Mann in den Sand fallen. Er streckte die Beine aus und legte die Hände auf die Knie.

Ich setzte mich auf die Mauer und wartete.

»Was muß man tun, um das Bild eines Menschen zusammenzusetzen?« fragte er mich später. »Ich bin Ethnologe. Zu meinem Beruf gehört es, genau das zu tun. Aber ... wie viel von sich selbst muß man aufgeben, wie weit muß man von sich selbst weggehen, um den anderen erkennen zu können? Vor allem, wenn er – oder besser gesagt: sie – wenn sie aus einer anderen Kultur zu stammen scheint? Wie machen Sie sich das Bild von einem Menschen?«

»Ich höre zu, ich beobachte, ich denke. Und ich erfinde. Merkt ja keiner. Ich reichere meine Porträts ein wenig an.«

»Beobachten. Erfinden ... tja. Erfinden. Etwas so sagen, daß andere glauben, es sei so gewesen. Wissen Sie, mein Sohn Thomas will unbedingt Schriftsteller werden. Irgendwann habe ich ihm gesagt, daß vielleicht jeder Schriftsteller auch Ethnologe sein muß: Fremdenkundler.«

»Sie sind ein cleverer Kerl.«

»Ja. Und was habe ich davon?«

Wir lachten. Anfangs hätte ich nicht gedacht, daß dieser Mann mich zum Lachen bringen könnte.

Dieser Mann, der jetzt Schritt für Schritt auf mich zukam.

Trotz der Sonne stach sein Bild klar, hochgewachsen und schwankend vom Strand ab. Die Gürtelschnalle der Jacke blitzte.

Die Wunden in seinem Gesicht sahen schlimm aus. Sein Haar war blond, er war groß und trug ein Piratenbärtchen. Er sah mir in die Augen. Ich lächelte ihn an. Er verzog keine Miene. Er ging in Richtung Stadtmauer. Ich folgte ihm in sicherem Abstand. Er bog in eine Seitengasse ein. Ich lugte um die Mauerecke. Der Mann schloß eine Tür auf und verschwand. Jack Oswalds Essaouira-Appartements.

Morgen also, Fremder. Ich wette, ich sehe dich am Mittag wieder bei den Fischern.

Ich sah ihn früher wieder. Beim Frühstück im Essalam. Gegen neun Uhr setzte er sich an den letzten freien Tisch auf der Terrasse. Er tippte mit dem Zeigefinger in die Luft, als wolle er den Platz in überschaubare Bereiche einteilen. Er bestellte ein petit déjeuner.

»Bestellen Sie sich einen frischgepreßten Orangensaft dazu«, sagte ich. »Der ist hier ganz hervorragend.«

Der Mann sah mich an.

»Ich habe Sie gestern schon gesehen«, sagte er. »Sie saßen auf der Mauer, als ich am Strand war. Anschließend sind Sie mir gefolgt.«

Und zum Kellner gewandt auf deutsch: »Keinen Orangensaft. Danke.«

Mir war nicht bewußt gewesen, daß der Mann sich gestern auch nur ein einziges Mal nach mir umgesehen hatte. Ich fühlte mich ertappt. Aber es war mir gleich.

»Darf ich mich zu Ihnen setzen?« fragte ich.

Ich schätzte ihn auf Mitte bis Ende Vierzig, etwa zehn Jahre älter als ich.

»Sie sehen aus, als seien Sie weit rumgekommen«, sagte ich.

»Bitte, setzen Sie sich zu mir«, sagte er. Es war ein Reflex, es kam schnell. Ich nahm Tasse und Teller und ging hinüber zu seinem Tisch.

Er stand auf und stellte sich vor: »Tadeus F. Appum, Völkerkundler.«

»Paul H.«

»Paul H.?«

»Den Rest meines Nachnamens hab ich in Deutschland gelassen. Schon lange hier?«

Appum hätte »Ja« oder »Nein« sagen können, oder soundsoviel Tage, aber er hob die Schultern und ließ sie langsam wieder sinken. Ich wies auf die Wunden in seinem Gesicht.

»Beim Rasieren geschnitten?«

»Zählen Sie zur Zunft der Komiker? Warum sind Sie mir gefolgt?«

»Neugier. Sehnsucht nach beflügelnden Bildern. Sie fallen auf. Ich betreibe hier eine Galerie. Die Gnaoua-Künstler ...«

Appum hob den Zeigefinger. Ich wollte diese Unterbrechung nicht beachten. »Na!« sagte er. »Die Gnaoua sind Nachfahren der schwarzafrikanischen Sklaven, wissen Sie? Diese Sklaven sind nach Marokko verschleppt und auf den großen Märkten in Taroudant und Fes verkauft worden. Die Wurzel der Gnaoua-Musik liegt in Westafrika. Die Gnaoua sehen bis heute in ihrer Kunst, hauptsächlich in der Musik und im Ritus des Lila, eine heilbringende Wirkung.«

»Die Gnaoua-Künstler sind im Kommen«, sagte ich. »Tabal geht nächstes Jahr zum ersten Mal nach New York. Hab ihn vermittelt. Aber, wie dem auch sei, Sie fragten mich, warum ich Ihnen gefolgt bin. Ich schreibe Porträts. Artikel über die Menschen, die hier immer wieder absteigen und für ein paar Wochen oder Monate so tun, als lebten sie im alten Arabien. Und da brauche ich dann Neugier und Sehnsucht ...«

»Und Rücksichtslosigkeit«, unterbrach er, »sowie den Willen und die Bereitschaft, unanständig zu sein. Das ist ein Argument. Ich kann das verstehen. Aber folgen Sie mir nicht noch mal.«

»Versprochen.«

»Ich weiß nicht, was ich getan hätte, wenn Sie mir bis zur Tür gefolgt wären. Ich stand im Flur und sah Sie durch den Türspalt. Ich habe einige Minuten gewartet. Gut für Sie, daß Sie nicht gekommen sind.«

Nach dieser ersten Attacke schien Appum ruhiger zu werden. Er legte eine Hand an den Bart und lächelte. Manchmal zuckten seine Mundwinkel, als fahre ihm ein plötzlicher Schmerz durch den Körper. Wir sprachen über die Stadt und den Hal und den blauesten Himmel, den man sich vorstellen kann.

»Ja«, murmelte er, »hat sie auch immer gesagt. Nirgendwo gäbe es einen so blauen Himmel wie über Mogador.«

»Essaouira«, sagte ich.

»Mogador«, sagte er.

»Früher Mogador. Hier und heute Essaouira.«

Appum schüttelte den Kopf. Er öffnete den Knopf der linken Brusttasche.

»Kennen Sie diese Frau?«

Er zog das Foto aus der Tasche und sah es an. Er schnippte Krümel vom Tischtuch, legte das Foto auf den Tisch, drehte es in meine Richtung und schob es mir entgegen, ohne die Finger vom Rand des Bildes zu nehmen.

»Kennen Sie sie? Kennen Sie diese Frau?«

Das konnte nicht wahr sein.

Es war ein aus kurzer Distanz aufgenommenes Porträt. Das pechschwarze Haar der Frau wuchs nach allen Seiten über die Ränder des Fotos hinaus. Ich kann mich beherrschen. Ich achtete mehr auf Appums zerschundene Hände als auf das Gesicht mit den blitzlichgeblendeten Augen. Ich schlürfte

Tee und atmete den beruhigenden Geruch der Minzblätter ein.

»Und? Sie kennen sie, nicht wahr?«

»Nein, leider. Eine Schönheit. Der Mund ist ein wenig klein.«

»Unsinn«, sagte Appum. »Unsinn.«

Er habe einen Großteil seines Lebens damit zugebracht, Menschen zu beobachten. Wenn er sich allerdings vorstelle, daß jemand ihn – er richtete den Zeigefinger gegen mein Gesicht –, daß jemand ihn beobachte, würde er äußerst ungehalten.

»Außer bei ihr«, sagte er. »Sie durfte das. Ich habe es sogar genossen. Mich im Blick dieser Frau zu bewegen war ... Wissen Sie, es war ...« Er spreizte die Finger und formte die Hände zu einer Schale, als wolle er einen Globus vom Tisch heben. »Und wenn ich jeden verdammten Einwohner hier in dieser Stadt fragen muß. Es war das Klacken ihrer Absätze«, sagte er. »Damit fing es an. Das Klacken ihrer Absätze auf dem Boden des Museums für Völkerkunde in Hamburg. Ich kenne dieses Museum wie kein anderer. Meine Frau Katrin fragte mich oft, ob ich mir nicht ein Bett ins Museum stellen wolle: ›Inventarnummer 1, Forschungsobjekt für Mediziner und Psychologen.‹ Es würde Katrin nicht wundern, mich eines Tages als Ausstellungsstück zu sehen.«

Er sah die Frauen in den bunten Haiks an und die, die bis auf die Augen verschleiert den Moulay Hassan überquerten.

»Ich kenne das Völkerkundemuseum in Hamburg«, sagte ich. »Ich war im letzten Jahr in der Stadt. Habe eine Ausstellung in den Deichtorhallen organisiert. Das Museum ist auf der Rothenbaumallee, richtig?«

»-chaussee, Rothenbaumchaussee. Nummer 64. Ecke Binderstraße. Groß, rot, ein wenig Jugendstil, seit einigen Jahren sehr unschöne Türen aus dunkelbraunem Metall. Gebaut zwischen 1908 und 1912 von Albert Erbe. Das war die Zeit der großen Hamburger Südsee-Expedition. Eine Sammlung gab es damals schon, wissen Sie, nur noch keinen geeigneten Platz dafür. Ein Haus, das ...« Er räusperte sich.

»Und dann waren da also diese Absätze?«

»Ja ... Ja, dann waren da diese Absätze.«

Appum streichelte über das Foto. Ohne es anzusehen, steckte er es wieder in die Brusttasche und schloß den Knopf.

»Kommen Sie, ich zeig Ihnen diese wundervolle Stadt«, sagte ich.

Ich führte ihn durch die Medina. Ich merkte ihm an, daß er Schmerzen hatte. Manchmal ging sein Atem zischend. Da ich mich an seinen Appetit beim Fischessen erinnerte, wies ich ihn auf die guten Restaurants hin, zeigte ihm das Taros, das Les Alizées, das L'Orange Bleue und das Bleu Mogador. Gerade am Abend sei das Les Alizées zu empfehlen, weil man von dort aus schnell die Rampe hinaufgehen könne zu den Kanonen auf der Squala de la Kasbah.

»Außerdem ist es nicht weit von Jacks Appartements entfernt«, sagte ich.

»Wo ich wohne. Wie Sie ja wissen.«

»So nachtragend?«

»Ja.«

»Ich kann nur noch einmal um Verzeihung bitten.«

Er lehnte sich an eine Mauer. Sein Auge zuckte. Er verbarg seinen Argwohn nicht. Ich wähnte mich in der besseren Position, ich suchte niemanden. Ich wußte, woran ich war. Ich hatte nicht dieses Gehetzte an mir, das bei Appum immer deutlicher hervorschien. Sein Auge huschte unaufhörlich hin und her. Selbst dort, wo während unseres Spazierganges rechts von ihm eine Mauer gewesen war, hatte er das manische Drehen des Kopfes nicht abstellen können.

»Wollen wir bei den Fischern zu Mittag essen?« fragte ich.

»Ich habe wenig Zeit.«

»Essen müssen Sie.«

Wir mußten durch das Gedränge auf der Avenue Sidi Mohamed Ben Abdellah nach Süden zurück. Die Hitze war schwer von Fisch- und Minzgeruch. Als wir einem Eselskarren voller Bruchstein ausweichen mußten, wurde Appum von einer vorbeieilenden Gestalt angerempelt, stöhnte auf und krümmte sich. Für einen Moment war sein Auge groß und verängstigt, aber je weiter er sich aufrichtete, desto härter wurde sein Blick.

»Scheißkerl.«

»Er hat das nicht mit Absicht getan.«

»Scheißkerl, sage ich.«

Als wir bei den Fischern ankamen, ließ Appum sich eine Flasche Wasser bringen und trank sie zur Hälfte aus. Erst dann bot er mir von dem Wasser an.

»Ich dürfte gar nicht hier sein«, sagte er. »Das ist eine lange Geschichte. Aber ich bin hier.«

»Das Klacken der Absätze?«

»Ja, das Klacken der Absätze. Ein Dampfer in der Wüste bei den Pyramiden. Eine längst vergangene Südsee-Expedition.«

»Beinahe jedes Leben läßt sich auf einen Kernpunkt kristallisieren.«

»Sagt Thomas auch immer. Man muß eine Geschichte in einem Satz zusammenfassen können. Aber es ist alles da, wissen Sie. Alles drin in meinem Leben.«

»Einem Leben voller Reisen?«

Er grinste und senkte den Kopf, als schäme er sich und sei zugleich amüsiert. Eine der Krusten auf seiner Wange sonderte winzige Blutstropfen ab.

»Als ich in ... war. So beginnen viele meiner Geschichten. Wenn ich jetzt nicht hier wäre, sondern Sie mich in Deutschland getroffen hätten, würde ich genau so beginnen: Als ich in ...

war. Das war mein Standardsatz. Jetzt bin ich hier. Und der Standardsatz kommt zu den Akten.«

Er sah über den Moulay Hassan und in das Dunkel der Tunnelgasse, aus der er gekommen war.

»Sind Sie verheiratet?« fragte er.

»Noch nicht. Aber bald. Ich hoffe jedenfalls, daß sie Ja sagen wird.«

»Sie sind sich nicht sicher?«

»Sicherheit ist eine Illusion.«

»Guter Gedanke. Was meinen Sie, würden Sie Ihre zukünftige Frau erkennen, wenn sie in eine Djellabah gehüllt den Platz überqueren würde?«

»Nein. Ich befürchte, daß ich sie nicht erkennen würde. Würden Sie diese ... Frau von dem Foto erkennen?«

»Ja. Ich würde sie erkennen.«

Appum hob den Zeigefinger. »Mein Vater war ein strenger Mann. Er war einer der bekanntesten Ethnologen bei uns in Hamburg. Er hat einige Jahre das Museum geleitet. Er ist 1912 geboren, in dem Jahr, in dem sein Vater während der zweiten Südsee-Expedition ums Leben kam. Im Arbeitszimmer meines Vaters stand das Modell eines Küstendampfers auf der Fensterbank. Der Dampfer hieß Peiho ...«

»Das Klacken der Absätze würde mich ...«

»Geduld, Mann.« Wie schnell er zornig werden konnte. Ich wollte sagen, bleib cool oder so etwas. Aber ich sagte nichts.

»Der Dampfer ... der Dampfer hieß Peiho.« ...

... Der Junge wuchs auf in einem Zimmer voller fremdländischer Skulpturen. Masken, Bilder und Waffen aus Zentralafrika und der Südsee hingen an den Wänden. Hölzerne und papierene Augen sahen ihn an. Hunderte von Landkarten sprossen eingerollt aus ledernen Körben. Die meisten Masken stammten aus dem Sepiktal in Neuguinea. Tadeus' Großvater hatte sie während der Hamburger Südsee-Expedition gesammelt. Tadeus' Vater sagte oft, das Sepiktal sei das maskenreichste Gebiet der Welt. Er habe einige hochgelobte Aufsätze geschrieben, in denen er die Maskenwelt Afrikas mit der der Südsee verglichen habe.

»Afrika und Melanesien sind die Gebiete der Welt, in denen die Maskenkunst die größte Vielfältigkeit erreicht hat. Die Inselwelt Polynesiens ist wahrscheinlich das Gebiet der Erde, das als letztes besiedelt worden ist. Durch die relative Unabhängigkeit der einzelnen Inseln voneinander ist die Maskenkunst dort sehr variantenreich. Besonders im Sepiktal. Da, wo dein Großvater schließlich umgekommen ist, Tadeus.«

Das Zimmer war mit einem dicken braungrünen Teppich ausgelegt. Tadeus hatte hier nie einen Schritt gehört. In Glasvitrinen leuchteten Lämpchen auf Fliegenwedel vom Sepikufer, auf ein Messer aus Fischknochen, eine Halskette aus Knochenstücken. Den Gegenständen waren kleine Pappschildchen zugeordnet.

Es sei alles drin in dem Zimmer, sagte Tadeus' Vater oft.

»Die Idealform eines Zimmers: leben, arbeiten, bewahren, zeigen, ordnen.« Trotz des Bartes und der ewig herbstfarbenen Kleider war er ein jugendlicher Typ, kräftige Schultern im Jackett, ein strenges, glattes Gesicht. Lediglich um seine Augen herum kratzten tiefe Falten. Die Augen waren satt und suchend zugleich. Tadeus wünschte sich, daß seine Augen eines Tages wären wie die seines Vaters.

»Ich hab viel gesehen, Junge, in der Welt und auf dem Papier. Bei meinem Vater war das schon so, bei dir wird es ebenso sein.«

Ein Foto von der Großmutter stand auf dem Schreibtisch neben dem gelbbraun ausgeblichenen Foto einer Insulanerin. Die Augen der Insulanerin waren weiße Flecken, mit einer Messerspitze vom Papier gekratzt.

Auf der Fensterbank stand das aus Blech und Holz gefertigte

Modell der Peiho. Die papierene Reichsflagge am Heck war irgendwann erneuert worden.

Der Junge sammelte Bücher aus den Regalen und verteilte sie um sich herum, bis von dem Teppich kaum noch etwas zu sehen war. Die Ecke eines Chinabuches traf auf eine afrikanische Nase, ein Eskimo wurde von einem marokkanischen Mädchen halbiert, eine winzige Bewegung der Augen reichte, um aus einem javanischen, auf Stelzen in eine Lagune gebauten Hüttendorf in eine orientalische Stadt zu gelangen. Tadeus stand auf, trat auf Zehenspitzen in die Lücken des Länder- und Menschenmosaikes und nahm das Modell der Peiho von der Fensterbank. Er hielt das Modell vor das Fenster und ahmte das Rauschen des Meeres nach. Im selben Augenblick ließ ein Windstoß den Blätterozean der Buche im Hinterhof erzittern. Das Rauschen des Baumes klang wie das Rauschen des Meeres. Tadeus hielt das Modell vor ein Schwarzweißfoto der Wüste. Er ahmte das Pfeifen einer Schiffssirene nach …

… »Die meiste Zeit meiner Kindheit verbrachte ich in diesem Zimmer«, sagte Appum. »Ich habe viel aus dem Fenster geguckt. Die anderen Kinder haben mich Stubenhocker genannt. Mein Vater fand, daß diese Stube sehr groß sei.

Er betrat das Zimmer in dem Moment, in dem ich so tat, als fahre die Peiho durch die Wüste. Mein Vater schloß die Tür so behutsam, als betrete er einen Hörsaal, in dem die Vorlesung bereits begonnen hatte. Seine Schritte auf dem Teppich waren lautlos.

›Die Peiho‹, sagte er. ›Damals war die Ethnologie noch anders organisiert als heute. Alle großen Forschungsreisen fanden unter einer Flagge statt. Die Peiho war ein luxuriöses Schiff. Sie war früher eine der Yachten des Königs von Siam gewesen, mit einem Salon für zwanzig Leute an Bord. Jeder der Herren, die 1908 mit meinem Vater in die Südsee aufbrachen, hatte eine

Schlaf- und eine Arbeitskammer und einen persönlichen Diener. Es gab einen streng geregelten Arbeitsablauf. Nach getaner Arbeit erschien man um neunzehn Uhr im weißen Anzug im Salon.

Unsere Hamburger Südsee-Expedition ist eine der berühmtesten und größten deutschen Expeditionen überhaupt. Dein Großvater muß sich prächtig gefühlt haben. Auch wenn er immer ein Außenseiter blieb. Sein Leben hatte einen wissenschaftlichen Höhepunkt, selbst wenn es kurz darauf zur Katastrophe kam.

Damals war Thilenius Direktor des entstehenden Museums. Er war ein großer Ethnologe. Seit seiner Reise nach Neuguinea allerdings war er reiseuntauglich: Malaria in schwerer Form. Diese Krankheit konnte damals noch nicht wirkungsvoll bekämpft werden. Ich stellte mir oft vor, wie er gewartet haben muß auf die Rückkehr der Expedition, auf Fülleborn, Krämer und meinen Vater. Wir haben Thilenius viel zu verdanken. Es war eine großartige, eine hervorragende Leistung, diese Expedition zu organisieren. Daran hat dein Großvater teilgenommen.

Ich denke bis heute, daß vielleicht nicht alles ganz einwandfrei war, was Thilenius im Vorfeld der Finanzierung getan hat. Aber er wollte unbedingt diese Expedition losschicken. Dafür mußte er in Hamburg werben. Und das hat er mit aller Konsequenz getan. Mein Vater hat mitgemacht.

Wir Ethnologen wären am liebsten unsichtbar. Das Thema Feldforschung ist noch lange nicht ausdiskutiert ...

Weißt du, Junge, ich habe nichts von meinem Vater gehabt. So wie du nicht viel von deiner Mutter gehabt hast.‹

Wenn mein Vater über meine Mutter redete, war das immer von tiefen Atemzügen begleitet. Sie kennen das, dieses lange Ausatmen durch die Nase, wenn man sich an etwas besonderes zurückerinnert. Sie sei so eine Frau gewesen, sagte er. Die Majestät vergangener Jahrhunderte. Selbst mit Schnupfen sei sie eine Majestät gewesen. Und eine Linguistin erster Güte.

Sie war gestorben, als ich sieben Jahre alt war.

Mein Vater sagte, er sei ein Zwischenprodukt.« ...

... »Ich bin ein Zwischenprodukt, Junge. Mein Vater war fort und kam wieder. Er zeugte mich, fuhr wieder und wurde getötet. Deine Großmutter haßte ihn – oder gab vor, ihn zu hassen.

Dein Großvater, Tadeus, hatte darum gebettelt, daß man ihn noch einmal fortschickt. Die Hamburger Südsee-Expedition war ja ein ungeheurer Erfolg gewesen. Es gab keinen Grund, eine erneute Expedition auszurüsten, und schon gar nicht, damit sie wiederholt ins Sepiktal vorstoße. Mein Vater war bei Thilenius, er war bei Hapag Lloyd, er sprach in beinahe allen Kaufmannshäusern an der Elbchaussee vor, er schrieb an verschiedene Senatoren. Und er hat es geschafft. Mein Vater ist noch einmal in die Südsee gefahren. Zum Sepik, der damals noch Kaiserin-Augusta-Fluß genannt wurde.

Auch für die zweite Expedition wurde die Peiho gechartert. Auf diesem Schiff ist etwas geschehen, das den Tod deines Großvaters zur Folge hatte. Ich bin dieser Geschichte noch immer nicht auf den Grund gekommen. Es gibt da große Lücken. Widersprüche in den Berichten der Augenzeugen, fehlende Aufzeichnungen. Es soll zu Kämpfen mit Eingeborenen gekommen sein. Aber irgend etwas stimmt da nicht.«

An diesem Tag wurde Tadeus von seinem Vater zum ersten Mal mitgenommen in die Museumsbibliothek.

Sie benutzten den Seiteneingang von der Binderstraße aus und gingen den Flur hinab. Ausrangierte Schreibtische und Stühle stapelten sich an den Wänden. Tadeus' Vater zog die Holztür mit dem Messingschildchen auf.

»Da sind wir. Das ist der Ort, dessen Geist du aufsaugen mußt.

Die Appums sind eine angesehene Ethnologenfamilie in Hamburg. Und das, mein Junge, das soll so bleiben.«

Ein Tisch mit verkratzter, im Sonnenlicht glänzender Holzplatte stand in der Mitte des Vorraumes. An den Wänden waren hölzerne Schränke mit Messingrahmen an den Schubladen, in denen kleine beschriftete Zettel steckten.

»Ich will, daß du hier bald blind durchgehen kannst. Kontinent- und Länderordnung, einfaches Prinzip. Hier findest du nahezu jede grundlegende Schrift zur Ethnologie. Und darüber hinaus wegweisende Aufsätze, Anthologien, Forschungsberichte und sämtliche Fachzeitschriften aus Deutschland, England, den Vereinigten Staaten und West- und Osteuropa.«

Er schob eine Leiter an den Schrank, und sagte Tadeus, er solle im oberen Schubfach unter »Appum« nachsehen, »Hans Theodor« und »Fritz Christian«. Tadeus stieg die Leiter hinauf und zog mit beiden Händen den Zettelkasten heraus. Mit den Fingerspitzen klappte er die gelochten Kärtchen auf der Messingschiene nach vorne.

»Ich hab sie«, sagte er.

»Gut. Wenn du sie durchzählst, wirst du sehen, daß es von meinem Vater fünf Veröffentlichungen gibt. Von mir sind mittlerweile zwölf Bücher archiviert, und ich habe vor, da noch einiges dazukommen zu lassen. Ich will sehr hoffen, mein Sohn, daß eines Tages viele Kärtchen mit deinem Namen dort oben zu finden sein werden. So, und jetzt komm wieder runter.«

Er legte ihm eine Hand auf den Rücken, als Tadeus die Leiter hinabstieg.

Der folgte seinem Vater durch einen Gang, von dem aus lange Regalreihen zu den Fenstern führten. Im letzten Raum ging sein Vater in einer der Büchergassen in die Knie und tippte mit dem Finger auf eine Reihe dicker, hoher Bücher in braunem Einband.

»Die Expedition von 1908. Neunundzwanzig Teilbände mit insgesamt über 11.000 Seiten Material wurden unter der Leitung erst von Fülleborn und dann von Krämer in den drei Jahren erstellt. Dr. Reche und mein Vater sind hauptverantwortlich für den Forschungsbericht über die Befahrung des Kaiserin-Augusta-Flusses.«

»Und die zweite Expedition?« fragte Tadeus.

»Ein Band, bestehend aus zwei Teilbänden. Steht an einem anderen Ort. Der Name meines Vaters ist darin kleingedruckt.«

Tadeus' Vater stemmte die Hände unwirsch in die Hüften.

»Diese hier wirst du eines Tages alle lesen, Junge.«

»Alle?«

»Ja, alle. Von vorne bis hinten.« ...

... »Wann war das?« fragte ich.

»Ich denke, als ich neun oder zehn war. 1965 etwa.«

Appum griff sich an die Rippen, als er tief durchatmete.

»Ich werde mich jetzt ein bißchen ausruhen. Ein paar Minuten nur, und dann meine Suche fortsetzen«, sagte er.

»Sind Sie sicher, daß diese Frau hier ist?«

»Ja. Sie hat oft von Mogador geredet. Sie ist hier geboren. Sagte sie. Für sie sei das die beste Stadt der Welt. Mogador sei der Ort, an den sie immer wieder zurückkehre. Wenn sie überhaupt an einem Ort Wurzeln hat. Nach dem, was ihr und mir widerfahren ist, bin ich mir sehr, sehr sicher, daß sie hier ist.«

»Eine alleinstehende Frau in ...«

»Sie ist hier«, sagte er. »Treffen wir uns morgen wieder zum Frühstück?«

»Ja. Gleiche Zeit, gleicher Ort«, sagte ich. Ich hatte ihn. Ohne daß er es ahnen konnte, würde er von nun an für mich da sein und Licht bringen in die Lücken meines Lebens.

»Sehr gut. Wissen Sie, was mir fehlt? Wein. Und ab und zu ein kaltes Bier. Auch wenn es mir schadet. Das erleichtert doch manches ganz ungemein.«

»Gehen Sie die Avenue de L'Istiqlal hinauf, über die Souks, folgen Sie der Avenue Zerktouni, durchqueren Sie die Bab Doukkala und biegen nach rechts ...«

»Auf den Boulevard Moulay Youssef.«

»Exakt. Sie kennen sich aus. Dort finden Sie linker Hand unsere beiden Alkoholläden. Wohlgeordnet und erstaunlich staubfrei.«

Er humpelte über den Platz, drehte den Kopf regelmäßig nach rechts und verschwand in der Dunkelheit der Gasse an der Stadtmauer. Dieser Mann an der Seite einer Frau? An der Seite ... dieser ... Frau? Ich zündete mir eine Zigarette an und sah immer noch in das schwarze Loch der Gasse.

Ich ging zur Galerie. Meine Verlobte war dort. Lydia. Sie hatte einen doppelten Vor- und einen doppelten Nachnamen. Aber für mich war sie Lydia. Morgens, mittags, abends. In der Nacht. Lydia. Alle früheren Lieben waren neben ihr verblaßt.

Lydia schlug ein Gemälde in Packpapier. Ich stellte mir ihre kleinen Hände mit den weißen Rillen der Fingergelenke auf meinem Körper vor. Wir umarmten uns. Sie fragte mich, ob irgend etwas nicht in Ordnung sei. Doch, doch, sagte ich, alles in Ordnung. Ich weiß nicht, wie viel hundertmal ich diese Frau umarmt habe. Es ist immer wieder ein Glück.

»Was ist denn, Paul?«

»Alles in Ordnung, wirklich. Meine Liebe.«

Am nächsten Morgen erzählte Appum mir von seiner Suche nach dieser Frau. »Assia«, sagte er. »Assia. Ich habe in den Hotels nach ihr gefragt.« ...

... Er humpelte vom Appartement aus zur Villa Maroc am Ostrand der Medina. Ein ehemaliges Bordell. Ha, ich weiß alles über deine Stadt, Assia. Ich weiß alles. Mir entkommst du nicht noch einmal.

Er trat durch die Tür in den Schatten der Halle. In einer Ecke kniete ein junger Mann auf dem Teppich und stocherte mit einem Schraubenzieher in einem Staubsauger herum. Tadeus nickte dem Portier hinter dem Empfang zu. Er zog das Foto aus der Brusttasche und zeigte es dem Mann. Der Portier griff nach dem Bild, seine Hände waren dunkelbraun und feinfingrig. Tadeus zog das Bild zurück, bevor der Mann es berühren konnte, und hielt es ihm vor die Augen.

»Kennen Sie diese Frau?«

»Nein, tut mir leid.«

»Sind Sie sicher?«

»Ja, ich bin mir sicher, Monsieur. Aber ...« Der Portier winkte Tadeus näher an sich heran.

»Aber wenn es Ihnen darum geht, eine schöne Araberin ...«

»Banause.«

»Verzeihen Sie. Aber eine Menge Deutsche kommen ...«

»Behalten Sie Ihre Auslegung für sich. Wissen Sie, es gibt Menschen, die nehmen das Wort Reise ernst. Heute noch.«

Er ging durch ein Stadttor auf die Avenue Oqba Ibn Nafiaa und betrat den Palazzo Desdemona. An der Rezeption war niemand. Von irgendwoher hörte Tadeus ›Satisfaction‹ von den Rolling Stones. Er suchte nach einer Klingel. Es gab keine.

»Hallo!« Er setzte sich auf eine Ottomane und massierte den Muskel über seinem Herzen. Durchhalten, durchhalten. Nach einigen Minuten kam ein dicker Mann die Treppe hinunter und grüßte freundlich.

»Sie suchen ein Zimmer, Monsieur?«

»Nein. Ich suche diese Frau.«

Der Mann griff nach dem Foto. Seine Hände waren massig und die Innenseiten stachen hell ab vom Dunkel auf dem Handrücken.

Tadeus zog das Foto zurück.

»Tut mir leid. Ich kenne diese Dame nicht. Aber wenn Sie ein Zimmer suchen, das Desdemona ist eine der ersten Adressen der Stadt, wenn Sie mich fragen, die allererste. Ich könnte Ihnen ...«

»Schon gut. Danke.«

Weiter zum Smara, zum Riad Lalla, zum Riad Zahia, zum Emeraude ganz im Nordosten der Medina. Er keuchte unter der Hitze und den Schmerzen. Über die Hände, die im Emeraude nach dem Foto griffen, zogen sich lange, weißliche Narben. Nichts, niemand kannte die Frau auf dem Foto ...

... »Geben Sie mir Ihre Handynummer. Ich rufe Sie an, sollte ich diese Frau irgendwo sehen«, sagte ich.

»Ich habe kein Handy mehr. Ich habe es ... tja, ich habe es weggeworfen. Aus dem Taxifenster.«

Er erzählte mir, wie er während der Taxifahrt vom Al Massira Flughafen in Agadir den Kopf aus dem Fenster gehalten habe. In den marokkanischen Wind, er, er, er: In Marokko. Er erzählte von Ziegen in Olivenbäumen: »Habe ich noch nie gesehen, so etwas. Als wenn die Tiere ihr eigentliches Element verlassen wollten.« Der Strand sei endlos gewesen, weiß und menschenleer. Er habe sein Handy aus der Jackentasche gezogen und es einen Abhang hinuntergeworfen.

»Vor meinen Augen breitete sich eine Marokkokarte aus«, sagte er. »Weiß erst, und dann füllte sie sich mit den Zügen des Atlasgebirges, mit Flüssen, dem Moulouya, der sich an der Ostflanke des Mittleren Atlas zum Mittelmeer ergießt. Ich sah den Wadi Draa, den der große Gerhard Rohlfs als erster Europäer bereist hat. Dann erschienen rote Punkte auf der Karte: Fes, Meknes, Rabat, Tanger. Mogador. Die Karte wurde immer detaillierter. Nach Osten hin begann die Wüste.

Als der Taxifahrer in die Hügel abbog, fragte ich ihn, ob wir nicht die Küstenpiste nehmen können. Er sagte, die sei nicht asphaltiert. Da bräuchten wir viel länger. Und dann hat er mich gefragt, ob ich hier auch schon gewesen sei. Ich hatte ihm vorher von all meinen Forschungsreisen erzählt. O ja, sagte ich also, o ja. Hier war ich auch schon. Ich kenne Nordafrika. ... ganz ... Nordafrika.«

Während er redete, hatte er das Foto aus der Tasche gezogen. Er kehrte aus seiner Erzählung zurück und kratzte sich am Kopf.

»Ich werde sie finden«, sagte Appum. Seine Stimme paßte plötzlich wieder zu ihm. Zuvor hatte er in einem anderen Tonfall geredet, seine Stimme war höher gewesen, weiter weg. So wie seine Stimme bewegte sich auch seine Erzählung auf verschiedenen Ebenen. Manchmal, wie jetzt gerade, sprach Appum zu sich selbst, sah auf seine Hände oder auf das Foto oder über den Platz.

»Die Menschen starren mich an. Das ging schon am Flughafen los.«

»Kann ich verstehen.«

»Im Flugzeug haben einige Mitreisende sich den Hals nach mir verdreht. Sie haben getuschelt. Nur die Kinder sind stehengeblieben und haben gefragt, was passiert sei.«

»Und, was haben Sie gesagt?«

»Daß ich überfallen worden bin. Zusammen mit Assia.«

Ich trank einen Schluck Wasser.

»Die Frau war dabei?«

»Ja, Assia fuhr mit mir in der U-Bahn Richtung Hafen. Wir wollten ein wenig spazierengehen, etwas trinken. Wir wollten versuchen, über unsere Beziehung zu reden. Ich wollte versuchen ... Dazu sind wir nicht gekommen. Als wenn wir es angezogen hätten. Es war verrückt mit Assia. Jedesmal, wenn wir gemeinsam U-Bahn oder Bus fuhren, saßen wir in einem Wagen, in dem irgendwelche Vollidioten rassistische Sauereien an die Abteilwände geschmiert hatten. ›Nigger‹ und ›Juden ins Gas‹. ›Scheiß schwarze Arschlöcher‹ und all so etwas. Mir fällt es schon schwer, das nur zu zitieren. Wirklich, ich kann so etwas kaum aussprechen. Mir ist erst durch Assia aufgefallen, wie häufig das vorkommt. In Deutschland. Assia sagte einmal, Ethnologie beginne beim Nachbarn. Das hab ich nie verstanden, bis vor wenigen Wochen.

Einmal kamen Assia und ich auf dem Rathausmarkt an einem Informationsstand irgendeiner rechten Partei vorbei. Wissen Sie, so ein Stand mit Sonnenschirm, vor dem meist ältere Herren Zettelchen verteilen. Als einer dieser Herren uns freundlich lächelnd einen Zettel anbot, hat Assia ihm vor die Füße gespuckt. Einfach so. Zack. Tja, das ist Assia. Assia mit dem schwarzen Haar. Assia mit den schönsten Augenbrauen der Welt. Assia, die Unstete. Assia, die Malerin. Assia aus Marokko.«

»Assia mit den harten Absätzen.«

»Ja, das Klacken der Absätze. Er klopfte mit dem Zeigefinger auf den Tisch.

»Sehr laut, weit hallend in den großen Räumen des Museums.« Er wischte sich mit dem Unterarm den Schweiß von der Stirn. Das Ausmaß, in dem er schwitzte, war nicht normal.

Appums Gesicht vereinte so unterschiedliche Extreme in sich, da war die Bräune der Haut und andererseits die Augenklappe und die Risse mit den bläulichen Rändern, die fleischlosen Wangen. Und obwohl er nur auf einem Auge sehen konnte, hatte sein Blick oft so etwas Durchdringendes und, wie ich jetzt meinte, etwas Böses.

»Ich saß im Museum, wie so oft«, sagte er. »Ich schrieb an einem Artikel über afrikanische Gegenwartskunst, als ich das Klacken ihrer Absätze zum ersten Mal hörte ...«

Schritte

Tadeus hörte kleine Hämmer auf den heiligen Boden des Völkerkundemuseums schlagen. Tadelloser Rhythmus, bis plötzlich ein Absatz über den Boden schleifte und das Klacken wie ein Ausrutschen auf feinem Kiesel klang. Dann Stille. Ein Blick durch Afrika? Über Bilder, Waffen und Modelle? Widerspiegelnde Glasvitrinen voller Trommelmusik und Hitze auf Strohdächern. Dann klackte es zweimal. Stille.

Tadeus saß in der Nische für afrikanische Gegenwartskunst. Er studierte Maître Syms Gemälde: ›Un Quartier de Kinshasa‹.

Kinshasa. Mitten in Afrika. Schweiß- und Benzingeruch liegen in der Hitze, Marktstände unter knappen Sonnensegeln direkt neben einem Wasserlauf, in dem Tierkadaver verwesen, die weiße Front der Kunstakademie, der beneidenswerte Henry Morton Stanley auf seiner wundersamen Reise … Beruhige dich!

Er horchte auf. Es klackte erneut. Der Rhythmus wurde langsamer. 10.15 Uhr. Um diese Zeit war er normalerweise allein hier. Lediglich mittwochs lärmten ab zehn Schulklassen durch die Säle. Tadeus erfreute die Aufmerksamkeit der Schüler, ihr Sich-Wundern und unbeschwertes Bekichern von Kleidungsstücken, die, aus Holzfasern gefertigt, lediglich den Penis eines Mannes umhüllten. Begann ein Lehrer, Banalitäten über Völker und Kulturen zu referieren, schritt Tadeus ein.

»Entschuldigen Sie«, sagte er, »Verzeihung, aber man muß tiefer gehen, wenn man den anderen begreifen will.«

Er scharte die Kinder um sich und erzählte von ekstatischen Tänzen und von meterhohen Tokati-Susu-Masken, die ein Mann alleine nicht tragen könne.

»Hier in Deutschland hocken gestandene, hochgebildete Männer stundenlang vor der Stoßstange eines Autos und polieren die mit kleinen Wattebällchen. Würden wir das einer Familie vom Sepik erzählen, hielte die das auch für ein dunkles Ritual. Dieses Museum ist nichts anderes als eine vollständige Welt. Das Fremde, Kinder, das Fremde.«

Tadeus war seit zwanzig Jahren beinahe täglich im Museum ...

... »Seit zwanzig Jahren täglich im Museum?« fragte ich. »Seit zwanzig ... Mann, klingt nicht gerade aufregend.«

»Sind Sie bereit, mir zuzuhören?«

»Schon gut. Ich höre. Nur, wenn Sie zwanzig Jahre täglich im Museum waren, wann sind Sie denn dann ger ...«

»Gedulden Sie sich.«

»Ich wollte Ihnen nicht zu nahetreten.«

»Können Sie gar nicht. Es gibt überhaupt nur einen Menschen, der mir zu nahetreten könnte.«

Er klopfte auf die linke Brusttasche ...

... Das Klacken war verklungen.

›Un Quartier de Kinshasa‹: ein farbenfrohes Bild, 27 Personen auf der Leinwand. Tadeus konzentrierte sich, und die Menschen begannen sich zu bewegen. Ein zum Bus umgebauter DAF Lkw steht auf einer Kreuzung, der Motor dröhnt, das weiße Blech ist heiß. Eine Frau in grünem, ärmellosem Top und orange-rot-grünem Rock hat ein kleines Mädchen an der Hand. Die Frau trägt eine dieser aufwendigen Zopffrisuren, für die Frauen in Zentralafrika stundenlang in Friseursalons sitzen oder Vormittage in den Hütten ihrer Freundinnen verbringen. Fliegende Händler mit schweißnasser Stirn bieten europäische Altkleider und Zigaretten an. »Marlboro, Marlboro. T-Shirts!« Ein Polizist mit weißem Helm pustet in eine Pfeife und winkt zwei Männer und einen Jungen über den erdbefleckten Asphalt vor dem Lkw Bus. Ein kleiner Junge zieht ein ...

Es klackte hart und zielstrebig. Die Treppe nach Alt-Ägypten. Fünf Stufen, Absatz, zehn Stufen. Die Frau ging die Treppe hinauf zu den Mumien.

Also: ein kleiner Junge zieht ein Spielzeugauto. Ein Arbeiter in zerrissener Jeans schleppt tief gebückt einen Sack auf der Schulter. Eine Frau trägt ein Kind in einem Wickeltuch auf dem Rücken und eine Schale mit einem spitzen Berg von Mehl auf dem Kopf. Es ist heiß und laut, Abgase verdicken die Luft.

Es klackte laut. Die letzten Stufen zu den Mumien. Tadeus verließ die Nische, sah oben in der Tür nach Alt-Ägypten einen Fuß in einem schmalen schwarzen Stiefel und den Zipfel eines Mantels, der in den Raum flatterte, hellbeige, wie Sand an der namibischen Küste. Das Klacken erstarb, dort oben lag ein Teppich.

Tadeus trat an das Modell der Moschee von Timbuktu. Eine Oasenstadt, zehn Kilometer nördlich des Niger, war hier und jetzt ein quadratischer Glaskasten, preisgegeben den heißen Winden aus der Sahara. Links standen die janusköpfigen Stelen und der Nashornvogel von der Elfenbeinküste. Tadeus setzte einen Fuß auf die erste Stufe, wandte sich ab und ging in die Nische zurück. Er drehte den Stift zwischen den Fingern, lauschte, hörte nichts von der Frau bei den Mumien, die still war, als wolle sie ihn nicht mehr stören.

Die Mumien. Ägypten. Land der Verdammnis. Hölle. Konzentriere dich! Tadeus schrieb Notizen, die nicht mehr als zwei, drei Wörter umfaßten, »Farbvielfalt«, »Energischer Auftrag«. Er tippte mit der Bleistiftspitze auf den Block, lauschte wieder. Ägypten? Eine zweite Geburt mit sechsundzwanzig Jahren. Eine Geburt aus Glut, Sonne und Sand, die er seit zwanzig Jahren verleugnete? . . .

. . . »Sehr pathetisch«, sagte ich.

»Nur wenige Menschen wissen davon«, sagte Appum. »Assia habe ich es erzählt. Ich habe es ihr . . . gestanden. Am Flughafen in Hamburg. Meine Frau Katrin hat mit meiner Legende gelebt. Sie mag Geschichten. Später, als wir uns wegen Assia stritten, hat sie zum ersten und einzigen Mal meine Situation . . . ausgenutzt. Wissen Sie, vor Ihnen sitzt der wahrscheinlich einzige . . . reiseuntaugliche Ethnologe der modernen Welt.«

»Reiseuntauglich? Dann waren Sie gar nicht . . .?«

»Ja. Nein. Reise-un-tauglich. Krank. Ich war ein einziges Mal in Nord-Ost-Afrika. Das war's. Für einen Ethnologen, wie ich einer werden wollte, ist das das Ende. Ha. Mann«, sagte Appum. »Aber ich leugne das alles, ich leugne die Arztbesuche, leugne den Badezimmerschrank voller Medikamente, die starken Nebenwirkungen, das Alkoholverbot, den Ratschlag, regelmäßig eine Kur zu machen. Ich . . . ich . . .« Er ballte die Fäuste. »Ich . . .« Er bewegte den Kopf hin und her. »Ich scheiß drauf.«

»Sie dürften gar nicht hier sein.«

»Ja. Konjunktive.«

In diesem Moment ertönte das Klacken von Absätzen auf dem Platz. Appum riß den Kopf herum. Er starrte eine Frau in purpurrotem Kleid an. Sie schritt über den Platz und winkte jemandem, und das Rot ihres Kleides war ungeheuer vor dem Blau des Himmels.

»Fliegen Sie zurück«, sagte ich.

Appum sah mich an, als wolle er mich niederschlagen oder lauthals lachen.

»Es war Assia. Sie ging in die Alt-Ägypten-Kammer hinauf, immer wieder. Unser erstes Gespräch drehte sich um Ägypten. Sie sei dort gewesen, habe die Pyramiden gemalt. Auch ich war dort. Zum Ende meines Studiums. Mein Studium, meine Zukunftspläne – das waren die lichten Jahre meines Lebens. Es war meine erste und einzige Exkursion. Mein Glück entstand aus zwei Tatsachen: Erstens war ein Assistent von Professor Hirschgruber schwer erkrankt und mußte seine Teilnahme an der Forschungsreise absagen, zweitens machte mein Vater seinen Einfluß geltend.

Wissen Sie, ich hatte mich zu dieser Zeit bereits auf Wüstenvölker spezialisiert. Das Hauptgebiet meines Vaters war immer Zentralafrika. Mir hatte er von klein auf geraten, ich solle mich auf Nordafrika einschießen. Einmal, er muß während eines unserer Gespräche in dem Zimmer ein Glas Champagner zuviel getrunken haben, einmal sagte er: Wir teilen uns Afrika, mein Sohn. Ich hatte jedenfalls bis zu dieser Exkursion über Gerhard Rohlfs geschrieben, über Pilger Mustafa, wie er sich nannte. Ich hatte über Barth geschrieben, über Denham, Nachtigal, Vischer, Frobenius und Almasy. Ich hatte Karten angefertigt, auf denen die Routen dieser Forscher eingezeichnet waren. Mein Vater schaffte es, Hirschgruber zu überreden, mich nach Südägypten und über die Grenzen des Sudan mitzunehmen.

Wenn mein Vater in Gesellschaft über mich redete, wunderte ich mich immer. Der dargestellte junge Mann sollte Tadeus F. Appum sein? Ich? Sie können sich vorstellen, daß die Ethnologie mir quasi in die Wiege gelegt worden war. Boas, Malinowski, Bastian, Mead ... all diese Namen, die kaum jemand kennt, begleiteten mich durch meine Kindheit. Ich wurde ein guter Student. Ich hatte sehr gute Arbeiten geschrieben. Aber ein ganz großes Problem für mich waren immer die wirklich exotischen Fremdsprachen. Ich konnte es nicht. Selbst mein Englisch ist mittelmäßig. Schriftlich geht das alles ganz gut, aber sprechen ... große Welt, totale Blockade. Zum Sprachenlernen fehlte mir der Kontakt zu Muttersprachlern, mir fehlte der alltägliche Umgang mit den Sprachen. Vokabeln, die ich heute lerne, habe ich eine Woche später wieder vergessen. Vor allem arabische Sprachen sind mir immer ein Rätsel geblieben. Durch Assia blühten ein paar Wörter wieder auf. ›Nahibuk‹ heißt: ›Ich liebe dich‹. ›Ana malit‹ heißt: ›Ich kann nicht mehr‹. ›Al Qurra al Ardijia‹ heißt: ›Globus‹. Seltsames Vokabular, was?

Einzelne afrikanische Sprachen sind für mich komplett unlernbar. Das soll mit Schwächen im Gehör zusammenhängen. Sagt einer meiner zahlreichen nichtsnutzigen Ärzte. Die afrikanischen Sprachen teilt man übrigens in drei große Gruppen ein ...«

»Appum?«

»In Ordnung, gut. Mein Vater also tat so, als sei ich die kommende Nummer Eins der deutschen Ethnologie. Und obwohl er wollte, daß ich ein berühmter Ethnologe wurde, stand ihm bei aller Beweihräucherung seines Sohnes doch die eigene Eitelkeit im Weg. Er betonte stets, daß man zu wahrer Größe natürlich nur gelangt, wenn man so alt und belesen geworden sei, wie er es war.«

Wie weit muß man gekommen sein, um die Geschichte eines gescheiterten Lebens lächelnd zu erzählen? Wie versessen Appum auch nach dieser ... Assia suchte – jetzt, da er begann, von dieser zweiten Geburt zu erzählen, lächelte er und strich sich den Bart, als sei das alles längst vorbei, als sei es die im Laufe der Zeit verflachte Geschichte eines Lebens, das durch die Entfernung zum Jetzt an Kraft und Berührungsmöglichkeit verloren hätte. Eine der langen dunklen Krusten auf seinen Wangen war einem rosigen Streifen heilender Haut gewichen. Appum zündete sich eine Zigarre an.

»Schade, daß man hier nichts trinken kann«, sagte er, »einen Wein oder ein Bier, meine ich.«

»Es gibt Restaurants, in denen man Alkohol bekommt. Wenn Sie mögen, lade ich Sie für heute abend zum Essen ins Les Alizées ein.«

»Neunzehn Uhr«, sagte er. »Assia spricht Arabisch, Englisch, Französisch, Spanisch, Persisch und Deutsch. Akzentfrei.« Er lüftete die Augenklappe. Mich schauderte.

»Und Ägypten?« fragte ich.

»Neunzehn Uhr, Les Alizées. Ich muß los. Sie muß hier irgendwo sein.«

Appum stemmte sich aus dem Stuhl hoch und legte ein paar Dirhamscheine auf den Tisch.

»Seltsam, daß ich einem deutschsprachigen Porträtschreiber begegnet bin. In Mogador. Sie sollten sich Notizen machen.«

»Ich habe ein gutes Gedächtnis«, sagte ich. »Und wann und wo ich mir Notizen mache, können Sie getrost mir überlassen.«

»So kämpferisch? Das ist gut. Bis heute abend.« Er nahm die Zigarre aus dem Mund, hielt sie zwischen Zeige- und Mittelfinger und wies auf mich. »Und folgen sie mir nicht. Mon ami.«

Als Appum die Mitte des Moulay Hassan erreicht hatte, ging ich in den Innenraum des Essalam, riß Mohammeds Djellabah vom Haken, »Kriegst du später wieder«, schlang mich in den dicken braunen Stoff, setzte die Kapuze auf und lief hinaus auf den Platz. Appum ging an den Olivenbäumen vorbei auf die

Avenue Oqba Ibn Nafiaa. Ich folgte ihm Stunde um Stunde. Er betrat, die Hand an der Brusttasche, die kleinen Agenturen, in denen man Zimmer und Appartements mieten kann, er zeigte das Bild den Taxifahrern vor dem Bab Sbaa, er lehnte sich an den Eingang der Moschee auf der Avenue de Lìstiqlal, er rieb sich das Bein, er hielt sich die Rippen. Er kaufte an einem Laden Fladenbrot und eine Dose Thunfisch. Er zeigte das Foto dem Mann in dem Laden. Ich konnte den Mann nicht sehen, aber auch der schien den Kopf zu schütteln, denn Appum verzog die Lippen und steckte das Bild ruckartig in die Tasche zurück. Er blickte sich um. Ich spähte unter dem Rand der Kapuze nach meinem Schützling und Verfolgten. Er humpelte zum Platz Orson Welles und ließ sich auf eine Bank fallen. Ich stand im Schatten des Tores.

Als er später über den Souk ging, wo die Hitze den Geruch nach Fisch zu einem bestialischen Gestank steigerte, schlitterte er in einer Lache aus Wasser und Fett aus. Er griff nach einer fremden Schulter. Der Mann, an dem er sich festgehalten hatte, lachte. Appum schüttelte den Kopf.

Seine nassen Sohlen hinterließen eine Spur. Einige Meter weit trat ich exakt in die Fußstapfen, die Schritt um Schritt undeutlicher wurden, bis sie sich in der gepuderten Gasse der Gewürzhändler verloren. Ich setzte die Kapuze ab.

Ich war vor ihm im Les Alizées. Den Nachmittag hatte ich mit meiner Verlobten Lydia verbracht. Wir hatten die Fotos diskutiert, die Bouslai von seinen neuen Holzskulpturen gemacht und bei uns vorbeigebracht hatte. Dann waren wir vor der Hitze in unser verdunkeltes Schlafzimmer geflohen.

»Zu heiß für Sex«, hatte ich gesagt.

»Du willst nicht? Seit wann gibt es das denn? Es ist doch irgend etwas? Du warst gestern schon so seltsam.«

»Nein. Es ist nichts.«

Später war sie mit einem Buch in der Hand auf die Dachterrasse hinausgegangen. Ich sah sie an, ihr Haar, ihren schmalen Rücken, ihren Po und die Beine, selbstbewußt vor dem endlos blauen Himmel.

Appum sah erschöpft aus, als er das Restaurant betrat.

»Mon ami«, sagte er. »Hier kann man Wein trinken?«

»Demillant. Ziemlich gut. Ich empfehle den Couscous, dürfte der beste in ganz Essaouira sein.«

Wir bestellten, und Appum setze seine Geschichte fort.

»Ich hatte ja keine Ahnung«, sagte er, »welche Bedeutung diese Frau einmal für mich haben würde. Das Klacken ihrer Absätze hatte mich nach Ägypten getrieben. Ägypten! Der Befall durch die seltsame Mixtur seltsamer Krankheiten wurde von mir abgehandelt wie ein Mißbrauch in der Kindheit: er wurde verdrängt. Er war weg, waberte am Horizont, unbeachtet, im Täglichen vorhanden und zugleich versunken in den Sandverwehungen der Erinnerung.

Professor Hirschgruber kam auf dem Flur hinter dem Hörsaal des Museums auf mich zu. Das war – wie gesagt – im fünften Jahr meines Studiums ... Ich werde nie das Gesicht dieses Mannes vergessen. Nie diesen Händedruck. Hirschgruber hatte einen schneeweißen Bart und unglaublich freundliche Augen. Südägypten, sagte er, die Numiden. Und vor allem jetzt der Waffenstillstand im Sudan.« ...

... Tadeus hatte die Grenzen Europas bis zu dieser Exkursion nicht überschritten. Sein Vater besuchte Kongresse auf der ganzen Welt, betrieb seine Feldforschung in Zentralafrika. Wenn er Zeit hatte, mit Tadeus zu verreisen, wollte er in Deutschland bleiben. Topographie, Sprache, Brauchtum, Geschichte, Musik, Malerei, Literatur, gesellschaftliche Strukturen. »Die Geschichte der Ehe in

Westeuropa, von der Konvenienzehe bis zur sogenannten freien Beziehung. Die Beziehung zwischen den Geschlechtern ist ein zentraler Punkt in der Ethnologie. Familie, Nachwuchs – das ist der Dreh- und Angelpunkt einer jeden Gesellschaft.«

Katrin, die Tadeus drei Jahre zuvor auf den schmutzigen Fluren der Universität kennengelernt hatte, war auf den Spuren deutscher Dichter unterwegs. Tadeus begleitete sie nach Weimar, Düsseldorf, Rom und Paris. Dichter, sagte er, müßten wenigstens einmal für längere Zeit ihre Heimat verlassen haben.

Nein, sagte Katrin, müssen sie nicht.

Wo auch immer sie waren, schon in der ersten Nacht machte Tadeus sich ohne Stadtplan auf den Weg ...

... »Ich erinnere mich noch gut daran, als Katrin und ich in Paris waren. Es gab damals irgendwelche Krawalle, das muß Mitte der Siebziger gewesen sein ...«

»Welche Krawalle?« fragte ich.

»Keine Ahnung. Ich sah in der Nacht meiner ersten Wanderung Autos brennen und brennende Flaschen durch die Luft fliegen. Menschen rannten hin und her. Und am nächsten Morgen, während ich auf dem Stadtplan versuchte herauszufinden, wo ich denn nun gewesen war, fragte Katrin mich, ob ich in diese Krawalle hineingeraten sei.

Nein, sagte ich, in so etwas gerate ich nicht hinein. Ich durchlaufe eine andere Welt. Schreihälse interessierten mich nicht. Vieles pralle an mir ab wie ein Steinchen am Fenster.

Irgendwann wird es Scherben geben, sagte Katrin.

Nicht in meiner Welt, sagte ich.

Das war wenige Jahre vor Ägypten.

Das war über zwanzig Jahre vor Assia.« ...

... Appum leerte das Weinglas in einem Zug und schenkte sich nach. Was jetzt folgte, klang tatsächlich nach Verdrängung. Appum hätte den Schleier über dieser Geschichte zerreißen können, aber er tat es nicht. Er blieb im Ungefähren. Er nannte die Namen der Wissenschaftler nicht, die mitgeflogen waren nach Kairo, um von dort aus mit drei Autos ans Nilufer hinunterzufahren, er sprach von Spezialisten für meroitische Sprachen, »Sudan, das dürfte wohl klar sein, oder«, von Stadtethnologen, Mythologieexperten, Ägyptologen und Assistenten, die ständig Schreibblöcke unter dem Arm trugen. Ich denke, damit meinte er sich selbst.

Er redete von dieser Forschungsreise, als habe er vor Jahren einen Artikel darüber gelesen. Er sah die ganze Zeit über auf seine Hände hinunter, zog irgendwann das Foto aus der Tasche und starrte es an, während er erzählte, wie die Gruppe von Assuan aus weiter Richtung Süden fuhr, teils durch die Wüste.

Er erzählte, wie sie über die Grenze zum Sudan fuhren ...

... »Wir überquerten diese verfluchte Grenze zum Sudan am Wadi Halfa. Diese gottverdammte Scheiß-Grenze. Wir fuhren östlich des Nils Richtung Süden durch die nubische Wüste bis nach Atbara und dann weiter in die Savannen, ins Grasland und die Feuchtgebiete, wo Phlebotomus wohnt.« ...

... Sie betrieben Feldforschung, und als ich ihn fragte, was das heiße, schlug er mit der Faust auf den Tisch und fuhr mich an, ihn nicht zu unterbrechen. Er tat das, ohne aufzusehen. Teller und Gläser auf unserem Tisch klirrten. Für einen Moment erstarben alle Geräusche im Restaurant, alle Bewegungen waren eingefroren, die Gäste starrten zu Appum herüber. Der hielt den Kopf gesenkt und murmelte, daß er es nicht leiden könne, angesehen zu werden. Wieso ich mir seine Unverschämtheiten eigentlich gefallen lasse.

»Ich habe meine Gründe.«

Sie seien dann zu einem Kongreß nach Kairo zurückgeflogen. Sie hätten sich mit einem Archäologenteam und einer Gesandtschaft der Universität von Alexandria in einem Sitzungssaal des Ägyptischen Museums am Schari Ramses beraten. Von dort aus sollte es dann zu einer ersten Auswertung nach Assuan zurückgehen, wo die Reise ihr Ende finden würde. An seinem einzigen freien Nachmittag sei Appum vom Hilton aus zu den Pyramiden gefahren ...

... »Wissen Sie, in Kairo fahren Hunderte junger Männer auf Mopeds durch die Gegend und bieten ihre Dienste als Fahrer an. Ich ließ mich zu den Pyramiden fahren. Ich erstickte fast in dem Wirbel von Abgasen auf den Straßen. Ganz Kairo ist von einer braunen Dunstglocke überzogen, nirgends habe ich eine so verheerende Luft atmen müssen wie dort. Ich bin ja sehr weit ... Ich habe mir das Halstuch um Mund und Nase gebunden. Ich war wie benommen, als ich nahe der Pyramiden vom Moped stieg. Vor lauter Sonne habe ich die Pyramiden kaum richtig erkennen können.« ...

... Er lief an den Pyramiden vorbei in die Wüste. Blauer Himmel und ockergelbe Sandwogen und Schattenfelder. Tadeus war ein olivgrüner Findling mit Strohhut und Sonnenbrille. Es wurde vollkommen still in ihm. All die Zitate der großen Reisenden waren fort. Kein Barth, kein Denham. Kein Gerhard Rohlfs auf seiner vorbildlichen Reise. Nur noch Tadeus F. Appum. Die Wüste, das war die Abwesenheit von Worten.

Auf dem flirrenden Kamm einer Düne tauchte ein Kamelreiter auf und wippte zeitlupenartig auf dem Tier. Die Beine des Kamels verschwanden in Hitzeschlieren. Mann und Tier waren grau, als sauge die Sonne jegliche Farbe auf. Der Reiter winkte

Tadeus. Tadeus schüttelte den Kopf. Der Reiter winkte noch einmal. »Hau ab!« schrie Tadeus. Der Reiter wendete das schwebende Tier und verschwand in einer trägen Auf-und-Abbewegung hinter dem Sandberg.

Tadeus versank bis zu den Knöcheln im Sand. Er atmete die Hitze. Er hatte rasende Kopfschmerzen. Er stampfte die nächste Düne hinauf und lief hinab in die Mulde. Er schaffte es, eine weitere Düne zu überwinden. Die Pyramiden im Rücken, blickte er über das Sandmeer. Der Horizont griff nach ihm. Als lauere dort, wo Wüste und Himmel endgültig eins wurden, ein Vakuum, das Tadeus F. Appum aufsaugen wollte, um ihn in eine Welt zu entlassen, in der er für immer alleine wäre.

Er warf den Rucksack den Hang hinunter. Er zog sich aus bis auf die Stiefel, ballte die Kleider zusammen und warf sie dem Rucksack hinterher. Er setzte sich in den Sand. Er schrie auf und schnellte hoch. Er atmete tief durch, preßte soviel Luft wie möglich in seine Lungen, ließ sich fallen und rollte den Hügel hinab. Der Sand war viel fester, als der Anblick es vermuten ließ. Nur eine dünne Oberfläche von staubiger Feinheit und Leichtigkeit wirbelte um Tadeus' Körper, legte sich auf sein Haar und drang ihm in Augen, Nase, Mund und Ohren. Unten angekommen, sprang er auf. Hastig stieg er in die Kleider und legte sich auf den Boden. Die Sonne war so nah, daß er sie mit ausgestreckten Fingern hätte berühren können. Er war vollkommen erschöpft. Ihm war speiübel. Die Wüste bewegte sich. Die Peiho, sein Großvater an der Heckreling, fuhr schräg gegen die Düne an, ihre Schrauben peitschten den Sand spiralförmig auf und schwarzer Rauch wolkte aus dem Schornstein.

Tadeus blieb, solange er es aushalten konnte. Seine Kollegen im Schatten des Hotelgartens am Nil sagten, er sei vier Stunden fort gewesen. Tadeus wußte nicht, ob das lange war.

Von Tag zu Tag fühlte er sich schlechter. Er fror. Er war so matt und kraftlos, daß er in fiebrigen Schlaf sackte, wenn er nur einmal die Augen schloß. Der Grünstreifen an den Ufern des Nils verschwamm zu absurden Schlangen, die sich in den Himmel reckten. Er versuchte, seinen Zustand so gut wie möglich zu verbergen. In Assuan waren ihm die Beine tonnenschwer und die Lungen brummten. Er setzte in einer Feluka nach Elephantine über. Der Nil war ein übelriechender Strom flüssiger Schlacke. Als Tadeus das Boot verließ und festen, schmerzhaft harten Boden unter den Füßen hatte, fiel er um. Das letzte, was er sah, war eine Ziege, die aus einem Lehmhüttendorf kam und ihm die Zunge herausstreckte. In ihren Barthaaren klebte zäher Speichel, ihre Augen waren feucht, die Zunge schimmerte schleimbedeckt und näherte sich seinem Gesicht. Tadeus hob die Hände. Der Himmel über dem Kopf des kauenden Ungeheuers war unendlich blau ...

... »Ich wurde mit einem Flugzeug nach Deutschland zurückgebracht und kam direkt ins Tropenmedizinische Institut in Hamburg. Es ging mir wochenlang sehr schlecht. Ich sah meinen Vater hinter einer Glasscheibe stehen und reden. Katrin war sehr ruhig. Sie sah mich an. Sie hatte Thomas auf dem Arm, unseren damals dreijährigen Sohn. Seine Hand stieß immer wieder gegen die Scheibe. Seit damals ist T. F. A. der Held zahlreicher medizinischer Publikationen. Wissen Sie, alles sprach zunächst für eine schwere Malariaerkrankung. Denn die viszerale Leishmaniose, auch Kala-Azar genannt, führt anfangs zu malariaähnlichen Fieberschüben. Ich bin von drei Medizinern gleichzeitig falsch auf Malaria behandelt worden. Zudem ist meine Kala-Azar eine degenerierte Form. Äußerst schwer zu diagnostizieren. Im Sudan sterben an dieser Krankheit noch immer Zehntausende. Ich wurde entlassen, nur um drei Wochen später, vollkommen abgemagert und nahezu im Koma, mit einem Notarztwagen von zu

Hause abgeholt zu werden und dann für Monate ans Bett gefesselt zu sein. Ich bin vollgestopft worden mit Antimonpräparaten. Ich bin dem Tod ganz knapp von der Schippe gesprungen. Die Antimonpräparate schlagen auf das Herz. Heftig. Da ich aufgrund des Grades der Erkrankung sozusagen überdosiert worden war, litten mein Herz und die Herzkranzgefäße stark. Mein Herz ist mittlerweile von Rhythmusstörungen geschüttelt, Luftveränderung, Druckveränderung und Hitze sind Dinge, die mich ... Wegen der anfänglichen Fehldiagnose konnte die Kala-Azar trotz der hochdosierten Medikamente nicht mehr komplett ... Vergessen Sie's. Kennen Sie die Phlebotomus? Nein? Eine winzig kleine Mücke, soweit ich weiß, eine der kleinsten, die es gibt. Sie überträgt die Leishmanien. Aber schreiben Sie das nicht in Ihr Buch.«

»Welches Buch?«

»Das Buch über mich. Und Assia.«

»Wie kommen Sie darauf, daß ich ein Buch über Sie schreiben werde?«

»Ein Porträt über mich kann nicht funktionieren, mon ami. Aber schreiben Sie nichts über meine Krankheit. Das interessiert die Leser nicht.«

»Die Leser interessiert es immer, wenn sie etwas lernen können. Außerdem klingt Kala-Azar sehr schön.«

»Wenn hier jemand Grund hätte, zynisch zu sein, wäre ich das. Aber bitte, wenn es Sie interessiert: Mein Tropenmediziner sagte damals, ihr Ethnologen, ihr kriegt immer die Krankheiten der Einheimischen. Noch letztes Jahr ist in Hamburg eine Frau am Lassafieber gestorben. Jetzt raten Sie mal, welchen Beruf diese junge Dame ausübte, bevor sie elendig von uns gegangen ist?«

»Sie war Ethnologin?«

»Genau. Schön, wenn man für etwas zu sterben bereit ist, nicht wahr? Der Lassaerreger wird durch Rattenurin übertragen. Wir Ethnologen neigen ja dazu, zu leben wie die Einheimischen – das ist Feldforschung, mon ami – und jene unglückliche junge Dame tat das auch. Sie lebte in einer Lehmhütte in Ghana, glaube ich.«

Appum trank den Wein aus und bestellte eine neue Flasche. Er nahm sie dem Kellner aus der Hand. Er klopfte mit dem Zeigefinger auf den Tisch. Klackklackklack.

»Irgendwann rückte der Entlassungstermin näher, der zweite, aber nicht letzte Entlassungstermin. Ich bat darum, nicht abgeholt zu werden. Ich wollte alleine sein. Ich wohnte damals mit Katrin und dem kleinen Thomas in der Wohnung gegenüber der meines Vaters. Aber ich ging nicht in unsere Wohnung. Ich ging in das Zimmer. Es gab ein Appum-Abkommen, daß ich dieses Zimmer jederzeit betreten durfte. Für Thomas galt das später ebenfalls. Ich setzte mich an den Schreibtisch und begann über Rohlfs zu schreiben. Über Malinowski. Über Boas und Homer. Ich ließ aus Sätzen Stichwörter werden und ich wußte, daß das Hunderte von Aufsätzen werden könnten. Werden müßten.

›Amerika, Rußland, Skandinavien‹, hatte der Arzt gesagt und mich entsetzt angesehen. ›Mein Gott, Appum, Sie können doch an all diese Orte. Warum heulen Sie denn?‹

Ich zog die desinfizierten Tropenkleider an und fuhr zum Flughafen Hamburg Fuhlsbüttel.«

Er lehnte sich zurück und massierte das Bein.

»Ich schreibe dort«, sagte er, »in Fuhlsbüttel am Flughafen, wissen Sie. Dort und in dem Zimmer und im Museum und in meinem Arbeitszimmer. Das ist das Quadrat meines Lebens.«

Er steckte das Bild in die Tasche zurück.

»Ich habe es nie übers Herz gebracht, mit ... Reisenden zu reden. Nie. Bis Assia plötzlich da war. Sie stammt aus der marokkanischen Oberklasse. Sie hat viel gesehen. Sagt sie. Vor allem von dem Teil der Welt, der mich in meiner wissenschaftlichen

Zukunft beherrschen sollte.« Appum senkte den Kopf und sah mich von unten an.

»Wo war ich stehengeblieben vor meinem Exkurs in viszerale Leishmaniose?«

»Vor der Treppe nach Alt-Ägypten. Moschee von Timbuktu und Nashornvogel von der Elfenbeinküste.«

»Sehr aufmerksam, mon ami. Ich sage ja, Sie werden über mich schreiben.«

»Wann haben Sie diese Frau zum ersten Mal gesehen?«

»Erst Tage später.« …

… Diesmal schlugen die kleinen Hämmer ein Tremolo. Die Frau lief die Treppe aus Alt-Ägypten hinab, als würde sie verfolgt. Tadeus verließ die Nische für afrikanische Gegenwartskunst und folgte dem Klang der Absätze. Dann war es still. Als er in die Eingangshalle kam, fiel eine der Glastüren zur Rothenbaumchaussee zu.

Tadeus kehrte zurück nach Afrika. Weiterarbeiten. Er nahm Block und Stift vom Hocker, kniff die Augen zusammen, als blende ihn die kinshasische Sonne, und verließ sein Museum. Er ging zur Heimhuder Straße und betrat das Jahrhundertwende-Haus. Die Absätze aus dem Museum hätten hier auf der Marmortreppe laut geklungen. Tadeus stand zwischen den beiden Wohnungen. Er klingelte bei Fritz Christian Appum. Thomas öffnete ihm. Er hatte ein Zimmer bei seinem Großvater gemietet.

»Hey Alter.«

»Mein Sohn.« Sie umarmten sich.

Als Tadeus das Appum-Zimmer betrat, saß sein Vater wie immer am Schreibtisch und las. Aus einer Silberkanne duftete der Kaffee. »In der ›National Geographic‹ ist heute der erste Teil deines Berichts über die Geschichte der stationären Feldforschung bei Malinowski, Radcliff Brown und Thurnwald«, sagte sein Vater. »Sehr gefällig, Junge, um nicht zu sagen: oberflächlich. Ein bißchen mehr Konzentration auf die harten Fakten täte dem Text gut. Denk immer an Herodot.«

»Romanhaft halt«, sagte Thomas, »echt locker. Richtig gut zu verstehen, Alter. Vielleicht solltest du das Genre wechseln.«

»Und du solltest an deiner Ausdrucksweise arbeiten«, sagte Tadeus' Vater.

In der Nacht, nachdem ihn der Klang ihrer Absätze zum ersten Mal aus seiner Routine gerissen hatte, geisterte Tadeus durch die Säle. Er stand in der Eingangshalle und ließ den Strahl der Taschenlampe über den Marmor kreisen, über die goldenen Namen der Spender und Förderer, über die Fransen an den Deckenlampen, die aufleuchteten, gläserne Stäbchen, die beim leisesten Windhauch zart klirrten.

»Ich bin Atlas.«

Er trug den heimlich nachgemachten Museumsschlüssel an einer feinen Silberkette in der Hosentasche. Wenn er morgens in die Hose stieg, tastete er zuerst nach der Kette, überprüfte ihren festen Sitz, griff in die Tasche und umfaßte das Metall mit dem zackigen Bart.

Er kannte die dunkelsten Schlupflöcher im Dschungelgewirr Indonesiens, geheime Atolle in der Südsee, Trennwände, Vitrinen, staubige Unterschlüpfe voller Stimmen. In Afrika flüchtete er unter die sandverwehte Treppe nach Alt-Ägypten, wenn sich ein Nachtwächter näherte.

Er kannte jeden Angestellten, vom Nachtwächter bis zum Direktor. Er kannte den Hausmeister, die Restauratoren und Bibliothekarinnen, die Museumspädagoginnen und die Putzleute.

Sollte er einmal von den Nachtwächtern ertappt werden, würde er ihnen schlicht von einer Sondergenehmigung erzählen.

Er verließ das Museum durch den Eingang zur Binderstraße.

Er wollte nicht nach Hause.

Er frühstückte mit Katrin.

»Seltsam, nicht«, sagte sie, »wenn man ein Germanistik-Seminar über den Tod und seine Darstellung gibt, kann man sich einer großen Teilnehmerzahl sicher sein.«

»Es geht immer weiter«, murmelte Tadeus. »Es gibt keine Kultur, die nicht an ein Weiterleben nach dem Tode glaubt. Ich bin jedenfalls noch auf keine gestoßen.«

Katrin nahm ihre Bücher und verschwand in ihr Zimmer.

Tadeus ging ins Museum. Alt-Ägypten war halbrund und schummrig. Der braune Teppich dämpfte seine Schritte und die Belüftungsanlage zischte leise. Tadeus starrte auf den Teppich, er stützte sich auf den Knien ab und suchte, aber die Absätze der Frau hatten keine Spuren hinterlassen.

Die Mumienhülle und die Mumie des Priesters Chonsu-maacheru, ein Amunpriester aus der Zeit Osorkon I, lagen im Mittelschaukasten.

Weiterleben, dachte er, weiterleben nach dem Tode.

Weiterleben nach einem physischen Totalzusammenbruch auf einer Insel im Nil. Energie geht niemals verloren, und wenn ein Mensch zu einem Körper geformte Energie ist, so wie diese Frau mit den harten Absätzen, dann bleibt auch er: sein Lachen, seine Schreie, alles, was ihn ausmacht, alles, was aus seiner Tiefe kommt.

Von Tadeus' Großvater hing ein Foto in der Südsee. Großvater, auf dem Bild wenige Jahre vor seinem finalen Schrei, war der einzige kauzige Typ auf dem Foto. Alle anderen Männer an der Reling der Peiho waren Männer des Jahrhundertbeginns, streng, zugeknöpft, schnurrbärtig, wollten Kaiser sein oder Soldat. Nur der Großvater nicht, der hatte die Krempe seines Hutes vorne hochgeschlagen, und lehnte vornüber an der Reling, schmalgesichtig und amüsiert. Tadeus wußte nicht, wie oft sein Vater ihm die ungeklärte Geschichte des Großvaters erzählt hatte.

»Irgend etwas stimmt da nicht«, hatte er immer wieder gesagt. »Eingeborene sollen ihn getötet haben. Das ist zwar durchaus möglich, aber es ist nicht die einzige Lösung. Diese zweite Expedition hatte nichts von dem Glanz ihrer Vorgängerin. Es hat heftigen Streit gegeben. Und den Einheimischen einen Mord in die Schuhe zu schieben war erstens sehr einfach, wenn man sich verschwor, und zweitens paßte es in dieses unausrottbare koloniale Weltbild, das einige Herren vertraten – das muß ich zugeben.«

Die Hände in den Hosentaschen, durchquerte Tadeus Afrika und ging die Treppe hinauf nach Amerika. Indianer und Astronauten. Die Lucky-Strike-Werbesäule drehte sich. Tadeus brauchte lange für Amerika, er sah sich jedes Exponat an. Ein aus Häuten gefertigtes Kanu, ebenso wasserdicht wie diese modernen Kunststoffboote auf Hamburgs Fleeten und Seen. Er ging an der Jurte vorbei. Große Welt, jetzt dort hineinschleichen und auf den doppelt und dreifach gelegten Teppichen Ausschau halten nach dieser Frau. Weiter nach Europa. Europa konnte nie bei sich bleiben. Tadeus' Blick durch die Tür wurde von einem Plakat aufgefangen, auf dem der Bug eines Ozeandampfers eine Welle aufwarf: The Royal Mail Steam Packet Co, abgekürzt RMSP, mit Hauptsitz in London. Fahrtziele: Vigo, Lissabon, Madeira, Kanarische Inseln, Brasilien, Montevideo, Buenos Aires, Kuba, Mexiko, Barbados, Trinidad, La Guayara, Colon, Jamaika, New York, Australien.

Um Europa zu durchqueren, brauchte Tadeus weniger als eine Minute. Als er in die Halle mit den Booten kam, hörte er das Klacken auf den Stufen. Da die Frau nicht vor ihm gewesen war, mußte sie aus Indonesien gekommen sein. Luftfeuchtigkeit von teilweise über neunzig Prozent. Er lief zum Geländer und sah von oben auf die Frau hinunter. Das Haar wippte bei jedem Schritt auf ihrem Rücken. Sie trug einen orangefarbenen Mantel. Ayers Rock. Die Frau war jetzt unten angekommen, drehte einmal den Kopf und bog ab in Richtung Hexenarchiv und Bistro. Tadeus sah kurz ihre Nasenspitze. Er war sicher, daß das die Frau von den Mumien gewesen war. Er lief die Treppe hinunter und sah in den Innenhof des Museums, in dem das Bistro unter einem hohen Glasdach eingerichtet war. Einige Leute saßen an den Tischen. Die Frau war nicht unter ihnen. Entweder war sie durch die Tür links des Tresens verschwunden und von dort auf den Flur zur Bibliothek gelangt, oder sie war durch die Tür in den Saal für Sonderausstellungen gegangen. Tadeus fragte den Kellner. Nein, hier sei niemand durchgekommen.

»Sicher?«

»Ja, ganz sicher. Hier war niemand. Warum fragst du?«

»Gerade eben, Junge, vor einer Minute.«

»Nein.«

»Heinz?«

»Nein.«

Tadeus ging zurück und rüttelte an der Tür zum Hexenarchiv. Sie war verschlossen ...

... »Jetzt machen Sie ja doch Notizen, mon ami«, sagte Appum. Ich hatte meinen Notizblock zwischen die Couscousschalen gelegt und einzelne Wörter aufgeschrieben: Flughafen, Kala Azar, Alt-Ägypten, kauziger Großvater, Südsee-Expedition, Katrin, Thomas, Atlas ... Assia.

»Manchmal presse ich Leute aus, bis sie mumifiziert sind.«

»Gut«, sagte Appum. »Sehr gut. Wo würden Sie um diese Zeit eine Frau in Essaouira suchen?«

»Es ist schon spät, nach zehn. Ich würde sie jetzt gar nicht mehr suchen. Hier kehrt früh Ruhe ein. Der Moulay Hassan ist ein beliebter Treffpunkt, aber ich bin mir sehr sicher, daß Assia nicht dort ist.«

Wir waren die letzten Gäste im Les Alizées. Die Deckenlampen wurden ausgeschaltet, nur die Stehleuchten in den Nischen glühten.

»Am Abend dieses Tages saß ich in dem Zimmer. Ich zündete eine Kerze an. Wo war ich denn noch nicht gewesen? Wissen Sie, die Appum-Fluglinie kennt jedes Ziel auf der Welt. Ich drehte den Globus, und die ganze Welt drehte sich vor meinen Augen, machte mich vielleicht ein wenig trunken, so wie dieser Wein hier.

Ich dachte an den Tag zurück, an dem ich das Jackett meines Vaters auf der Lehne des Schreibtischstuhls sah. Ich sah mich, wie ich mich dieser braungrünen Jacke näherte, wie ich in die Tasche griff und Vaters Museumsschlüssel herausnahm. Ich war damals für kurze Zeit Pressesprecher des Museums gewesen. Gegen Vorlage meines Ausweises ließ ich mir den Schlüssel nachmachen. Das war kurz nach Ägypten. Noch in dieser Nacht schlich ich mich zum ersten Mal in die heiligen Hallen. Am nächsten Tag besorgte ich mir diese dünne, aber sehr stabile Silberkette für den Schlüssel.«

Appum kippte das Glas Wein hinunter. Er müsse jetzt los, murmelte er. Er griff in die Tropenjacke, verfehlte mehrmals die Innentasche und zog dann seine Brieftasche hervor. Er lade mich ein, sagte er und legte Scheine auf den Tisch. Ich wartete, bis er im Flur verschwunden war. Ich folgte ihm. Aus der Tür heraus sah ich ihn an der Stadtmauer entlangwanken. In den Eisenkörben brannten Feuer, in deren Schein Appums Seite erglühte. Als er das innere Stadttor unter der Kanonenbatterie erreichte, kam eine Gruppe junger Männer aus der Dunkelheit um die Ecke. Sie trugen Djellabahs, ihre Schultern berührten sich. Ich sah, wie Appum zur Mauer hin auswich, die Schultern hochzog und ihnen entgegenblickte. In seiner rechten, der Stadtmauer zugewandten Hand, blitzte eine Klinge auf. Die Männer gingen an Appum vorbei. Appum sah ihnen hinterher. Ich sprang in einen Hauseingang und beobachtete, wie er sich langsam wieder entspannte, größer wurde und sich mit dem Rücken an die Mauer lehnte. Das Orange der ersterbenden Feuer tanzte auf seiner Haut und der Messerklinge. Die Augenklappe grub ein schwarzes Loch in sein Gesicht. Appum entsicherte das Messer und klappte es zusammen. Er ließ den Kopf hängen. Er verharrte einen Moment in dieser Haltung, dann stieß er sich von der Mauer ab. Er zog das Bild aus der Brusttasche und küßte es. Er taumelte weiter und verschwand im Schwarz unter dem Torbogen.

Er erschien am nächsten Morgen nicht zum Frühstück im Essalam. Ich wartete bis zum frühen Mittag, bevor ich in die Galerie ging und die Korrespondenz erledigte. Mittags suchte ich ihn bei den Fischern. Er war nicht dort. Ich brachte meine Verlobte zum Bab Doukkala. Sie wollte mit dem Überlandbus nach Marrakkesch fahren, um eine alte Freundin aus ihren Zeiten in der Botschaft zu besuchen. Sie würde einige Tage bleiben. Wir umarmten und küßten uns vor der Tür des Busses. Wir wußten, daß viele Leute uns deswegen verstört ansahen.

»Wenn du wieder hier bist, mußt du mir von Marrakesch erzählen.«

»Ich weiß nicht, Paul. Wenn ich dort bin, ist es mein Marrakesch.«

»Typisch Lydia. Du bist nicht allein auf der Welt.«

»Wäre ich manchmal aber gerne.«

Der Bus fuhr ab und ich sah ihm hinterher, bis er hinter der Stadtmauer verschwand.

Ich ging durch die Medina zu Jacks Appartements und sah zu

den Fenstern hinauf. Appum war nirgends zu entdecken. Ich ging zum Moulay Hassan und fragte in Jacks Kiosk nach der Zimmernummer von Appum. Gut, Tropenjacke, dachte ich, wenn du morgen nicht wieder auftauchst, komme ich dich besuchen.

Er erschien auch am nächsten Morgen nicht im Essalam. Ich hatte an diesem Tag viel zu tun in der Galerie und machte mich erst gegen Abend auf den Weg zu ihm. Die Außentür zu den Appartements war nur angelehnt. Ich ging die enge Wendeltreppe hinauf und klopfte in der ersten Etage an die Tür.

»Appum, sind Sie da?«

Ich hörte ihn durchs Zimmer humpeln. Ich erschrak, als er öffnete. Er war kreidebleich und in sich zusammengesunken, von seinen Bemühungen um gute Haltung war nichts geblieben.

»Ich hatte Sie gestern schon erwartet«, sagte er.

»Ich Sie auch.«

»Kommen Sie, setzen Sie sich.«

Das Appartement hatte zwei Zimmer zur Stadtmauer vor dem Atlantik hinaus. Vom linken der beiden Zimmer führte eine Holzstiege zu einer offenen, niedrigen Zwischenetage hinauf, wo eine Matratze als weitere Schlafstätte diente. Ich betrat das Appartement durch die Küche, von der Appum über eine Stufe ins Bad gelangen konnte. Eine Kakerlake kroch durch den Spalt unter der Badezimmertür. Auf den Tischen in der Küche und im Wohnraum stapelten sich Bücher. Appum griff im Vorbeigehen nach einem goldgerahmten Bild und legte es mit dem Motiv nach unten neben eine Schale mit angefaultem Obst. Mit Weinflasche und Korkenzieher stellte er sich vors Fenster. Ich hob das Bild an. Es war diese Assia, mit nacktem Oberkörper. Sie band sich das Haar im Nacken zusammen.

Appum hatte vor jedes Fenster zwei Kissen gelegt. Es schien, er rechne jeden Tag damit, daß sie zu ihm kommen, daß er sie finden und mit hierher nehmen würde. Ich konnte ihn mir gut vorstellen, wie er abends auf einem der Kissen saß und auf das Meer sah.

Heute, da er spurlos verschwunden ist, erscheint mir vieles von dem, was er erzählte, in völlig anderem Licht. Anfangs hatte ich ihn für verrückt gehalten, seine verbale Aufsässigkeit, dieser Tropenanzug, die losen Enden seiner Familiengeschichte, diese Abhängigkeit von Assia – aber er war nicht verrückt. Er war konsequent – auf seine Art. Er hätte nicht hier sein dürfen. Aber er war hier. Appum hatte mit den Konjunktiven gebrochen.

Zum Ausgleich für mein schlechtes Gewissen setzte ich mich an diesem Abend zu ihm auf die Kissen. Wir sprachen nicht viel.

Ihn umgab diese Aura der Unberührbarkeit. Er lüftete die Augenklappe und blinzelte. »Wird schon wieder«, murmelte er. »Muß wieder werden.«

Ich hinterging ihn, ich nutzte ihn aus, aber ich mochte ihn auch, trotz allem. Er war kein schlechter Mann. An diesem Abend hatte ich Angst um ihn. Je länger wir nebeneinander saßen, desto entspannter wurde Appum. Offensichtlich hatte ihm der Ruhetag gutgetan.

»Stellen Sie sich folgendes vor«, sagte Appum, »einer der führenden französischen Ethnologen, Marcel Mauss, hat niemals Feldforschung betrieben. Niemals. Er war nicht draußen. Ich sage Ihnen, ein Exot unter Ethnologen ist der, der nicht reist. Ist das nicht phantastisch?«

»Versteh schon, daß Sie das für phantastisch halten.«

»Das ist phantastisch«, sagte er.

»Ihre Kenntnisse der Ethnologie scheinen ein wenig anekdotisch.«

»Unsinn. Ich orientiere mich am Menschen, nicht an der Theorie. Malinowski interessiert mich mehr als Malinowskis

Theorie des Funktionalismus und der basic needs. Sein Tagebuch von den Trobiands ist besser als seine wissenschaftlichen Veröffentlichungen. Lesen Sie sein Tagebuch. Ausbrüche von Wut und Verzweiflung, von erotischen Phantasien. ›Die Nigger gehen mir auf die Nerven‹ – das hat er gesagt, dieser große Ethnologe, der offizielle Begründer der Feldforschung, das hat er gesagt. So ehrlich muß man sein. Das muß man können. Etwas sagen, das man nicht sagen darf. Sagen Sie Dinge, die Sie nicht sagen dürften?«

»Nein, ich schreibe sie. Das ist es, was ich tue. Über Dinge schreiben, die ich nicht sagen würde.«

»Sind Sie ein Feigling?«

»Sowohl als auch. Und Sie?«

»Ich weiß es nicht.«

»Wann haben Sie diese Assia wiedergesehen?« . . .

. . . Am nächsten Tag war Tadeus um zehn Uhr in der Eingangshalle des Museums und stellte einen Stuhl auf die Schwelle nach Afrika.

Umgeben von Hitze, den Wasserfällen, Antilopen und zahlreichen Sprachen, saß er und wartete Tag für Tag vergeblich auf das Geräusch ihrer Absätze. Er beendete seinen Artikel über afrikanische Gegenwartskunst, fuhr am Nachmittag zum Flughafen, korrigierte den Text an einem der Metalltische des Bistros Galeria über der Halle von Terminal 4 und informierte den NDR, daß sein Beitrag über die Geschichte des Völkerkundemuseums fertig sei:

»›Die Entstehung der Welt aus dem Geist der Enge‹.«

»Der Titel ist katastrophal, Herr Appum.«

»Senden Sie den Beitrag unter diesem Titel oder gar nicht.«

»Nun mal langs . . .«

»Unter dem Titel, oder gar nicht. ›Die Entstehung der Welt aus dem Geist der Enge‹.«

In der Nacht legte er sich zu Katrin ins Bett. Noch lange hörte er die Schritte der Frau im Museum. Er wachte auf, weil Katrin im Schlaf auf seinem Arm lag. Tadeus zerrte den Arm unter Katrins Rücken hervor und bewegte ihn. Langsam bahnte sich das Blut seinen Weg. Schmerz und Kitzel zugleich.

Es war heiß und der Verkehrslärm ungeheuerlich, und Tadeus meinte, daß die Abgase hier in Kinshasa um ein Vielfaches stärker die Luft verdickten als in Hamburg. ›Un Quartier de Kinshasa‹. Tadeus wollte seinen Artikel für eine Kunstzeitschrift überarbeiten und kürzen.

Um zehn nach zehn drang ein ihm ungeheuer vertraut erscheinender Rhythmus an sein Ohr. Das Geräusch ihrer Absätze übertönte den Lärm in Kinshasa. Die Frau ging die Treppe hinauf. Appum folgte ihr.

Er ging langsam. Er spürte sein verhaßtes Herz klopfen. Er erreichte den Treppenabsatz und sah über die verbleibenden Stufen nach Alt-Ägypten. Gelbliches Licht sickerte durch die Tür. Die Frau räusperte sich. In diesem Moment klingelte das Handy in seiner Jackentasche. Er zuckte zusammen und ging rückwärts die Stufen hinunter. Es war sein Vater. Tadeus müsse rasch kommen. Er sei vom Stuhl gefallen. Er habe aus dem obersten Regalbrett ein Buch ziehen wollen. Er befürchte, er habe sich das Bein verletzt. Thomas sei nicht da, und bevor er einen Krankenwagen rufe, wolle er, daß Tadeus sich das ansehe, vielleicht sei ja auch nichts. Er liege jedenfalls auf dem Teppich und warte auf ihn.

Tadeus verließ Afrika. Er hörte das Klacken. Er drehte sich erst um, als die Schritte leiser wurden. Die Frau verschwand durch die Tür zur hinteren Treppe.

»Gebrochen«, schimpfte sein Vater. »So ein alberner Quatsch. Ich habe keine Zeit für so etwas. Sorge dafür, daß ich sobald wie möglich wieder an meinen Schreibtisch komme, Tadeus.«

Nachdem der Krankenwagen abgefahren war, ging Tadeus hinauf in das Zimmer. Oft hatte er allein hier gesessen, aber jetzt wirkte das Zimmer verlassener als sonst.

Die Frau kam nicht mehr. Tagelang. Tadeus stapfte auf der Straße vor dem Museum hin und her. Er hatte zwei weitere Artikel abgeliefert, einen über die Organisation der ›Mexico City Mega-Stadt-Ausstellung‹ im Völkerkundemuseum für die ›Zeitschrift für Ethnologie‹, und einen über Bastians Gründung des ersten völkerkundlichen Museums in Berlin für die in New York erscheinende ›American Anthropologists‹.

Er knöpfte die Jacke auf, wand sich den Schal vom Hals und ging die Stufen zum Eingang des Museums hinauf. Schräg hinter ihm wuchs eine Frau in sein Spiegelbild. Einen Moment lang trug er einen zweiten Kopf auf der rechten Schulter, langhaarig, schmalgesichtig. Er blieb vor der Tür stehen und blickte sich um. Die Frau war klein, viel kleiner, als er es erwartet hatte. Sie starrte geradeaus, als sehe sie hinter den Glastüren etwas, das sie seit Jahren suchte. Sie ging schnell. Er öffnete ihr und sah seine Schuhe an. Heute war ihr Mantel phosphorgrün. Das Grün eines Glühwürmchens in den Hochwäldern Costa Ricas.

Assia

Von Afrika aus stieg die Frau die Stufen nach Alt-Ägypten hinauf. Dort oben wäre er jetzt allein mit ihr. Vorsichtig ging er ihr nach und spähte um die Ecke, ob doch noch jemand dort war. Als er ihr Kleid aufblitzen sah, ging er die Stufen wieder herunter.

›Marschierst mit Rohlfs nach Timbuktu, traust dich aber nicht, dieser Frau hinterherzugehen‹. In diesem Moment hörte er einen Chor junger Stimmen. Eine Schulklasse kam nach Afrika, dutzende Füße trappelten die Stufen hinauf. Tadeus folgte ihnen.

Die Frau stand bei den Skarabäen. Sie hatte die Hände vor dem Bauch verschränkt, der Mantel hing über den Unterarmen. Als die Kinder sich die Skarabäen ansahen, warf sie sich den Mantel über die Schulter und verließ die Kammer. Der Saum des Kleides spannte sich bei jedem Schritt. Vor dem Schaukasten der Yoruba blieb sie stehen. Die Fotos von den Massai an der gegenüberliegenden Wand spiegelten sich im Glas der Vitrine.

Dann ging sie die Treppe nach Amerika hinauf. Auf dem Linoleum waren ihre Schritte leiser. Amerika interessierte sie nicht. Sie durchquerte den Kontinent in weniger als einer halben Minute.

Sie hielt vor der Jurte an.
Sie beugte sich in den Eingang.
Strich sich das Haar zurück.
Dann sah sie sich nach ihm um.

Wie sehe ich aus?

Elegant wie immer. Die Hände in den Hosentaschen, gute Haltung. Er durfte sie nicht anstarren. Aber er konnte sich nicht umwenden und gehen.

Er blickte an ihr vorbei nach Europa auf das Plakat. »The Royal Mail Steam Packet Co.« Vigo, Lissabon ...

Ihr Gesicht war braun, die Augenbrauen pechschwarz.

Er wollte ihr ins Gesicht sehen, und am Rande von Europa sah er, daß sie ihn anstarrte ... Jamaica, Trinidad ... Er wußte nicht, wie lange sie so standen. Irgendwann drehte sie sich langsam um, blickte noch einmal über die Schulter zu ihm zurück, ihr Rücken drohte ihm. Sie betrat Europa.

Er eilte die Treppe hinunter und verließ das Museum. Er atmete Kälte.

Sie saßen sich im Bett gegenüber, nackt.

Kein Wort, keine Berührung.

Der Wille nach Berührung war da, aber er erstarb in der Angst vor Enttäuschung. Tadeus stand auf und zog sich wieder an.

Katrin ließ sich nach vorn fallen. Ihr rotes Haar wie Flammen auf dem Bettzeug ...

... »Haben Sie ein Foto von Katrin?«

»Nicht hier, nein. Ich denke nicht, daß ich sie wiedersehen werde.«

»Übertreiben Sie doch nicht immer so, Appum. Warum ist diese Assia von Ihnen fort?«

»Mein Leben findet in Grenzen statt, die sie für eng halten mag. Aber ich werde diese Frau finden. Ich will sie wiederhaben. Sie sagte einmal, ich habe einen Globus im Kopf. Das liebe sie sehr an mir. Das liebe sie. An mir.«

»Wenn Frauen eine Beziehung beenden, meinen sie das ernst.«

»Ja, ja. Als ich Assia kennenlernte, gab es seit etwas über einem Jahr wohl einen Mann in ihrem Leben.«

»Ach. Diese Assia hatte schon einen Mann!«

»Ich weiß nicht«, sagte Appum. »Ich weiß es nicht. Es ist mir gleich. Sie hat nicht viel über ihn gesprochen. Ich werde sie wiederbekommen.«

Die Sonne löste sich im Meer auf, der Wind wurde kühler, aber Appum ließ die Fenster geöffnet. Mich fröstelte.

»Machen Sie gar keine Notizen heute?«

»Nur im Kopf.«

»In einem klugen Kopf ist Platz für Hunderte von Welten. Die anderen begnügen sich mit einer – kein Wunder, daß denen alles Fremde suspekt erscheint ... Diese Männer in der U-Bahn ...

Nun ja, nachdem ich wieder aus dem Ehebett gestiegen war, fuhr ich zum Hafen. Kennen Sie den Hamburger Hafen bei Nacht? Das ist wunderbar. Die Lichter, die Elbe, die gute Luft.

Ich hatte mir eine Dose Bier gekauft. Von zu Hause hatte ich mir ein Glas mitgenommen, ich trinke nicht aus Dosen. Ich setzte mich auf eine Bank. Vor vielen Jahren saß ich mit Katrin oft auf dieser Bank. Wir redeten und hielten uns bei der Hand. An diesem Abend erinnerte ich mich daran, wie Katrin zum ersten Mal ein Buch mitgenommen und in einer Gesprächspause zu lesen begonnen hatte.

Jetzt sah ich am anderen Ufer die ehemalige Hamburger Senatsbarkasse. So ähnlich wie die Peiho, dachte ich, so ähnlich wie das Unglücksschiff meines Großvaters. Ich strich mit den Fingern über die Einritzungen auf der Bank: ein Herz, darunter zwei Namen, die meine Finger nicht zu lesen vermochten. Schön, dachte ich, schön, schön, schön. Weiter rechts stieß ich auf ein Kreuz, dessen vier Enden jeweils rechtwinklig umgeknickt waren.« ...

... Als er wieder zu Hause war, traf er Thomas in der Küche. Thomas war vom Kellnern zurückgekommen und trank ein Bier.

»Wie läuft's mit deinem Schreiben? Soll ja nicht so leicht sein, einen Fuß in die Tür zu bekommen.«

»Scheiß drauf.«

»Ich würde dich niemals bremsen wollen, aber ...«

»Gut«, unterbrach Thomas, »dann laß es. Ich mach, was ich will. Ich gehe, wohin ich will. Ihr denkt über die falschen Dinge nach.«

Nachdem die Folgen von Tadeus' Erkrankung klar waren, hatte sein Vater begonnen, bei jeder Gelegenheit auf Thomas einzureden: Er müsse nun die Familientradition fortsetzen.

»Weißt du, die Ethnologie umfaßt alles: von der Philosophie über die Geologie, die Geographie und Soziologie bis hin zu den Sexualwissenschaften. Du findest hier nebenbei so viel Stoff wie sonst nirgends. Du könntest Sachbücher schreiben, über deinen Großvater zum Beispiel und diese verfluchte zweite Südsee-Expedition.«

»Ich will nicht nebenbei schreiben. Ich will nicht in die Fußstapfen eines anderen treten. Rohlfs, Barth und wie die alle heißen. Ich will eigene Spuren setzen.«

Als Thomas fort war, hatte Tadeus' Vater gesagt: »Ich krieg ihn schon noch. Wenn du schon ausscherst ...«

Jetzt saß Tadeus seinem Sohn in der Küche gegenüber.

»Wir denken über die falschen Dinge nach?«

»Ja – in dieser Ausschließlichkeit, ja. Ihr seid Fremdenkundler. Ich bin Ichkundler.«

»Vielleicht hast du recht. Ich weiß nur eines: Du bist das beste, was ich je zustande gebracht habe.«

»Mensch, Papa.«

Tadeus ging hinüber in seine Wohnung und legte sich zu Katrin. Er streichelte ihr Fuchshaar. Er würde ein Leben lang so weitermachen können. Sich in dieses vertraute Bett legen, neben diese schöne, kluge Frau, mit der er so viel Frieden hatte, daß er diesen Frieden mit Liebe verwechseln konnte.

Er traf sie vor dem Museum. Er hielt ihr die Tür auf, ohne sie anzusehen. »Merci«, sagte sie. Ihr Mantel war hellblau, die Strumpfhose grün. Wald am Meer, Elfenbeinküste. Durch das dunkle Glas sah er ihr hinterher. Sie schritt nach Afrika.

Als Tadeus die Treppe nach Alt-Ägypten hinaufging, kam die Frau ihm entgegen. Sie ging dicht an ihm vorbei, er roch ihr Parfum, süßlich herb. Aus den Augenwinkeln sah er, daß sie ihn musterte. Er hörte sie durch Afrika zur hinteren Treppe gehen. Er sah ihr hinterher. Vor der Tür blieb sie stehen und nickte ihm zu.

Der indonesische Drache sprang vom grünen Holzträger in den Raum. Tadeus setzte sich in den Korbsessel unter dem Drachen. Die Frau stand unweit an einem Schaukasten über Fischfang. Eine Glasscheibe war die Meeresoberfläche. Die Frau ging weiter und verschwand hinter den Stellwänden und Schaukästen Indonesiens. Er sah sie vor einer aus Stöcken und Muscheln gefertigten Seekarte, wie sie sich die Bootsfahrer in der Südsee vor Reiseantritt einprägen. Dann war sie fort.

Auch diesmal hatte er es nicht geschafft, ihr ins Gesicht zu sehen. Er wollte die Linien von Augenbrauen, Nase, Lippen kartographieren, aber immer war er einige Sekunden zu spät ...

... »Es war, als wollte sie meine Kondition prüfen. Meine Geduld. Wissen Sie, ich bin reiseuntauglicher Ethnologe, Geduld ist meine Heimat.«

»Haben Sie sich nicht gefragt, warum diese Frau so oft im Museum war?«

»Nebenbei.«

Die Sonne war untergegangen. Appum erhob sich mühsam und entzündete einige Kerzen, die im Meerwind flackerten. Unsere Schatten verzerrten sich.

»Wichtig war für mich nur, daß die Frau so häufig in meinem Museum war und dort quasi dieselben Reisen machte wie ich. Ob sie berufliche Gründe dafür hatte, war mir gleich.

Mein Vater hatte immer gesagt, das Phantastische an der Ethnologie sei, daß Reisen und Beruf eins werden. Dazu bedürfe es aber auch zahlreicher Fremdsprachen. Er selbst sprach neun Sprachen und hatte vor, diesbezüglich zweistellig zu werden.

Dann hielt er gern seinen Vortrag über die 1500 bis 2000 afrikanischen Sprachen. Das nenne er kulturelle Vielfalt. Greenberg teile die afrikanischen Sprachen in vier Sprachstämme ein: die kongo-kordofanischen, die nilosaharischen, die hamitosemitischen und die Khoisan-Sprachen. Man kann behaupten, daß die afrikanischen ...«

»Appum.«

»In Ordnung, schon gut. Beobachten ohne zu verändern, sagte er. Da sein, ohne da zu sein. Klingte fast taoistisch. Jedenfalls hatte sie mich gesehen.«

Er bot mir eine Zigarre an.

»Kamen Sie sich bei diesem Spiel nicht etwas dämlich vor?«

Appum sah mich verblüfft an.

»Sie sind doch ein erfrischender Bursche. Aber ich versichere Ihnen, wenn Sie diese Frau jemals gesehen hätten, wären Sie ihr auch gefolgt. Vorausgesetzt, daß Sie ein Mann von Sinn und Verstand sind. Morgen nehme ich mir die Galerien vor. Assia ist Malerin, sie ist sehr gut.«

Wir verabschiedeten uns. Zum Frühstück sei er morgen sicher wieder im Essalam, er fühle sich viel besser. Gut, sagte ich. Ich verließ Appum. Auf dem Heimweg rief ich Abdelhaq an, meinen Angestellten. Ich redete mit ihm über den bevorstehenden Besuch eines seltsamen Fremden aus Hamburg. Dann rief ich meinen Freund Damgard an, der die beste und größte Galerie hier in Essaouira führt, und erzählte auch ihm von Appum. Damgard war irritiert über meine Worte, aber als ich ihm dann etwas über das Schreiben erzählte und die Vorbereitungen, die damit verbunden waren, sah ich ihn förmlich die Achseln zucken und hörte seine Zustimmung durch das Handy.

Nach dem Frühstück gingen wir über den Platz Orson Welles, um über die Avenue Oqba Ibn Nafiaa zu den Galerien zu kommen. Das couscoustellergroße Konterfei Orson Welles' war mit Eselsmist beschmiert worden. Ein Auge und die Hälfte von Mund und Bart waren verklebt von trockenen Exkrementen.

»Hat hier den ›Othello‹ gedreht«, sagte ich.

»Ich weiß«, sagte Appum. »Ich weiß alles über diese Stadt. Wissen sie, daß Gerhard Rohlfs hier gewesen ist? Der große Rohlfs, dieser Mann, der sich nicht abhalten ließ? Niemals. Er war hier. ›In Mogador verließ ich die Zivilisation‹. Sagte er.«

Appum war unrasiert, und er trug den Tropenanzug heute zum ersten Mal offen.

Auf der Avenue Oqba Ibn Nafiaa kamen wir an einem der Friseurläden vorbei. Ein Angestellter in schmutzigem Kittel lehnte in der Tür. Hinter dem Fenster konnten wir seinen Chef sehen, der einen Mann rasierte. Appum blieb stehen.

»Kommt jedes Jahr für drei bis vier Monate im Sommer hierher«, sagte ich. »München.«

Der Mann stand auf und griff nach einer Art Schal. Er band sich den Schal zu einem Turban um den Kopf. Er verließ den Laden.

»Hallo, Paul.« Er schüttelte mir die Hand.

»Günther.«

Er sah Appum an.

»Neues Opfer?«

»Nein«, sagte ich. »Das ist Tadeus F. Appum. Ethnologe aus Hamburg.«

Günther setzte sich eine runde Sonnenbrille auf.

»Seien sie vorsichtig.«

»Einer von unseren Essaouira-Freaks«, erklärte ich Appum. »War eines meiner ersten Porträts. Er sagt, Essaouira sei eine Zeitreise. Wenn er nicht regelmäßig hierherkomme, verfalle er in tiefste Depressionen. Er bewohnt immer dasselbe Appartement. Hängt sich Krummsäbel an die Wände und Teppiche und trinkt den ganzen Tag Minztee.«

»Warum so verächtlich?«

»Ich weiß nicht. Ich find es ganz gut, wenn man im Hier und Jetzt lebt.«

»Aber das tut er doch. Auf seine Art.«

»Vielleicht haben Sie recht, Appum.«

Wir gingen weiter.

»Ich verringerte den Abstand zu ihr«, sagte Appum ...

... Er verringerte den Abstand zu ihr. Er ging ein paar Meter hinter ihr.

»Körper und Seele müssen zusammenbleiben«, sagte sie. Sie

sah die Mumie im mittleren Schaukasten der Alt-Ägypten-Kammer an. Sie waren allein.

»Es gab Bandagen von mehreren hundert Metern Länge. Das Herz wurde fast immer in den Körper zurückgelegt. Den Körper hat man mit wohlriechenden Stoffen aufgefüllt.«

Tadeus sah sich im Glas der Vitrine schräg hinter der Frau.

»All diese Mühe um die Toten. Ein bißchen mehr Mühe mit den Lebenden wäre sinnvoller.«

Sie legte eine Hand an den Mund und tippte sich mit zwei Fingern auf die Lippen.

»Ich habe die Pyramiden gemalt. Tagelang bin ich um die Pyramiden herumgezogen, um den richtigen Moment, das richtige Licht und den stärksten Schatten zu finden.«

Sie ging zu den Kindermumien.

»Haben Sie es gefunden?«

»Bei mir dauert immer alles länger als bei anderen. Aber am Ende finde ich, wonach ich suche.«

Er hörte ihren Atem. Er roch ihr Haar. Er wollte sie berühren, an der Schulter, am Nacken unter dem Haar, berühren, ohne daß sie es spürte. Aber da war die verräterische Scheibe.

»Es ist ein Skandal, daß der Weg dieser Mumien hier im Museum endet. Sie gehören nicht hierher. Grabraub nennt man das.«

Tadeus räusperte sich. Die Frau drehte sich zu ihm um und sah ihm ins Gesicht. Diesmal war sie ganz nah bei ihm. Er sah ihr ins Gesicht. Später fragte er sich, was ihm als erstes aufgefallen war …

… »Ich denke, es waren ihre Augenbrauen. Sie waren pechschwarz und stark geschwungen. Assias Haut ist von einem warmen Braun, ihre Augen waren … sind … schwarz. Schmale Wangen. Ihre Nase ist ein Wunderwerk an Geradheit, sie ist fein und energisch. Ihre Lippen sind ein wenig blutleer, ich glaube, an diesem Tag hatte sie Lippenstift aufgetragen, ganz wenig. Erst als ich ihr ins Gesicht schaute, wurde ich mir ihrer Zartheit bewußt. Sie konnte höchstens fünfzig Kilo wiegen. Sie mußte ein paar Jahre jünger sein als ich. Für mich war sie das Schönste, was ich je gesehen hatte.«

Er zog das Foto aus der Tasche. Die Sonne blendete auf dem glatten Papier …

… »Haben Sie Einwände gegen meinen Vorwurf des Grabraubes? Der Tod stellte für die Ägypter ein gefahrvolles Übergangsstadium dar, das in ein neues Leben führte. Dem Körper wurde besondere Aufmerksamkeit entgegengebracht wegen seiner Vergänglichkeit. Er durfte nicht zerstört werden. Ein Geist, dessen Körper krank oder zerstört war, war dazu verdammt, für immer umherzuirren auf der glücklosen Suche nach einem neuen Körper. Das Gehirn wurde mit einem Eisenhaken durch die Nasenlöcher entnommen …«

»Herodot«, sagte Tadeus.

»So, so. Für mich ist das hier jedenfalls Grabraub.«

Tadeus hatte nie darüber nachgedacht. Jedes einzelne Exponat, vom indonesischen Paddel bis zum turkmenischen Kessel, war ihm so selbstverständlich, war so unabänderlich hier in seiner Welt, daß ihm nie in den Sinn gekommen war, es könne nicht hierher gehören.

»Wissen Sie«, sagte er, »ich habe eine ganz besondere Weise, die Dinge zu betrachten.«

»Was ist denn das für eine Antwort?«

»Das ist eine lange Geschichte.«

»Ich mag lange Geschichten.« Sie tippte mit dem Zeigefinger gegen die Vitrine. »Ich bin in Mogador geboren. Es gibt nirgends so viel Wind und einen so blauen Himmel wie in Mogador. Das ist ein guter Schlußsatz für heute. Folgen Sie mir nicht. Wir sehen uns morgen.«

»Ein Clubhaus nur für Männer«, sagte sie. »Palau Inseln? Wo liegen die?«

»Gehören zur Gruppe der Karolinen, Südsee. Mein Großvater war dort. Dieses Clubhaus ist für das Museum gebaut worden. Keine Nägel, nur Verzapfungen und Kokosfaserbindungen. Das Dach ist aus Pandamusbaum.«

Sie hob die Brauen. Er räusperte sich und steckte die Hände in die Hosentaschen.

Die Frau beugte sich vor, um in das Holzhaus zu sehen.

»Sechs mal zwei Meter«, sagte Tadeus, »drei Meter hoch.«

»Nur für Männer«, sagte sie.

»Was ist ein Mann ohne Frau? Eine Frau ohne Mann, das mag gehen, aber ein Mann ...«

»Die Männer, die sich in diesem Haus versammelten, hatten natürlich Frauen. Die durften nur nicht ...«

»Nicht was? Nicht hinein, richtig?«

»Ja, richtig.«

»Und das würden Sie jetzt auch erklären können, andere Kulturen, andere Zeiten und all das.«

»Es gibt doch überall und zu jeder Zeit Situationen, in denen Frauen – oder Männer – unter sich bleiben wollen, das ist doch nichts Ungewöhnliches.«

»Frauen lassen sich dafür nicht eigens Häuser bauen.«

Die Frau klopfte auf einen der Eingangspfosten.

»Schluß für heute.«

Sie reichte ihm zum Abschied die Hand. Er spürte ihre Haut, den Druck ihrer Finger. Als er nicht losließ, hob die Frau ihre Brauen, entzog ihm ihre Hand und ging. Er sah ihr hinterher. Sie ging geradewegs auf die Vitrine zu, in der das Foto seines Großvaters hing.

»Baumeister Golegeril«, rief er. »Die Farben sind aus Ruß, Kalk und Gelbwurz.«

Die Frau winkelte – ohne sich umzudrehen – den Arm an und wedelte mit Zeige- und Mittelfinger.

Er besuchte seinen Vater im Krankenhaus.

Bücher waren auf der ganzen Bettdecke verstreut. Im zweiten Bett lag ein Schwarzafrikaner.

»Recherchier mal, was unsere Kollegen bisher über Schmerzäußerungen in den verschiedenen Kulturen herausgefunden haben, mein Sohn. Ich weiß zum Beispiel, daß schwarzafrikanische Frauen während der Niederkunft singen, und arabische Frauen immer erst anfangen, vor Schmerz zu schreien, wenn ihre Männer das Zimmer betreten. Joseph hier – er heißt Joseph, stell dir diesen Namenskolonialismus vor –, Joseph hat drei Knochenbrüche. Er hat noch nicht einmal geklagt.«

Joseph humpelte auf eine Krücke gestützt aus dem Zimmer. Tadeus' Vater sah ihm hinterher.

»Ich versuche, ihn ein bißchen für die Ethnologie zu erwärmen. Er weiß nichts über die Elfenbeinküste und ihre Kultur, obwohl sie seine Heimat ist!«

»Woher hat er die Verletzungen?«

»Er ist überfallen worden. Irgendwelche rechtsradikalen Banausen. Kannst du dir übrigens vorstellen, daß ich hier eine ganz neue Seite an Herodot entdeckt habe ...«

In diesem Moment bemerkte Tadeus einen nie dagewesenen Zug im Gesicht seines Vaters. Dieses von lebenslanger Konzentration gezeichnete Gesicht war weich geworden. Tadeus' Vater war ein robuster Neunundachtzigjähriger. Aber die Tage im Krankenhaus schienen ihn zu verändern. Er formte mit den Händen Landschaften und Bauwerke und tippte sich an die Stirn, wenn er seine zahlreichen und ein wenig unzusammenhängenden Gedanken entwickelte.

»Je mehr man über die Jahre hinweg denkt, eine Ordnung zu

finden, desto mehr vermischt sich alles. Vielleicht tragen unsere Versuche, das Fremde zu erkennen und zu erklären, nur dazu bei, noch mehr Grenzlinien auf den Planeten zu zeichnen. Keine Nationalitätsgrenzen, mein Junge, das nicht. Aber Grenzen der Wissenschaft und der Erkenntnis. Es ist aber doch alles ein …« Er massierte mit gekrümmten Fingern die Luft. »Es ist doch alles …«

Sie kam mehrere Tage nicht ins Museum. Die Säle lagen stiller, als Tadeus sie in den Jahren vor dem Klacken der Absätze je erlebt hatte. Dann traf er die Frau vor dem Gemälde von Maître Syms.

»In Kinshasa ist es unglaublich heiß«, sagte er.

»Waren sie mal in Kinshasa?«

»Ja. Ich bin sehr weit herumgekommen. Beruflich.«

»Ich auch.« Tadeus griff nach dem Museumsschlüssel.

»Was machen Sie?« fragte die Fau.

»Ich bin Ethnologe. Die Kongo-Schiffahrt endet in Kinshasa. Die Eisenbahn nach Matadi beginnt dort. In der Stadt herrscht ein ungeheurer Lärm. Ich finde, man sieht diesen Lärm auf dem Bild.«

»Es ist zu naiv.«

»Nun, man muß das im Zusammenhang sehen, es …«

»Ich muß das nicht im Zusammenhang sehen«, sagte sie.

»Mir gefällt es nicht. Es ist zu naiv.«

»Aber …«

»Warum verteidigen Sie dieses Bild?«

»Nun, der Mann kommt aus Zentralafrika.«

Tadeus betrachtete erst das Bild, dann die Frau. Sie breitet die Hände aus, als wolle sie ihn auffordern, sich ihrer Meinung anzuschließen.

»Welchem Beruf gehen Sie nach?« fragte er.

»Oh, ich mache eine ganze Menge. Im Moment: Sprachen unterrichten. Intensivkurse, vierzehn Tage – zweihundertfünfundsiebzig Euro. Sie sprechen sicher viele Sprachen als Ethnologe?«

»Selbstverständlich.«

»Ich unterrichte Arabisch. Ich bin Marokkanerin. Ich spreche Französisch und Englisch. Und Spanisch, Persisch und Deutsch. Ich versuche mir die Sprache so zu eigen zu machen, daß sie für mich keine Fremdsprachen mehr sind.«

Tadeus räusperte sich.

»Außerdem male ich«, sagte die Frau. »Und zwar besser als dieser Maître Syms.« Sie wandte sich ab und ging.

An der hinteren Treppe nach Amerika blieb sie stehen und wartete, bis Tadeus neben ihr war.

Oben gingen sie nebeneinander durch die Säle. Vor dem Schaukasten »Waffen und Kriege« blieb die Frau stehen, hielt ihn mit einem kurzen Griff an die Schulter zurück und wies dann mit dem Zeigefinger auf die Scheibe. Die Fotos aus dem Schaukasten »Große Männer und Könige« spiegelten sich über »Waffen und Kriege«.

»Immer und immer und immer«, sagte sie. »Immer die Männer.«

Wahrscheinlich hatte sie Urlaub gehabt und jetzt unterrichtete sie wieder. Er hörte das Geräusch ihrer Absätze erst am Nachmittag.

»Willkommen in Afrika«, sagte er.

»Im Afrikasaal«, sagte sie. Sie lachte, tiefe Grübchen bogen sich in ihre Wangen.

»Sie sind außergewöhnlich schön«, sagte er.

»Oh!«

»Warum sind Sie so oft hier?« fragte Tadeus.

»Das ist meine Art zu reisen, solange ich hier in Hamburg

bin. Ich suche Motive. Das können Sie doch sicher verstehen.«

»Besser, als Sie denken.«

»Besser, als ich denke?«

»Ich sage ja, das ist eine lange Geschichte.«

»Vielleicht finden wir Zeit für diese Geschichte. Aber sie muß sehr gut sein. Bis Montag.«

»Montag hat das Museum geschlossen. Aber ich habe einen Schlüssel. Wir hätten unsere Ruhe.«

Sie tippte sich mit zwei Fingern auf die Lippen.

»Sie haben einen Schlüssel?«

»Sicher. Meine Familie hat viel für dieses Museum getan, wissen Sie.«

»Ich weiß nicht«, sagte sie.

»Wie heißen Sie?«

»Assia Alachjan. Und Sie?«

»Tadeus F. Appum.«

»Auf Wiedersehen, Tadeus F. Appum.«

»Wann sehen wir uns?«

»Warten Sie es ab.« ...

... »So habe ich ihren Namen erfahren. Ohne darüber nachzudenken, hatte ich ihr sogar von meinem Schlüssel erzählt. Sie war die einzige, die nun davon wußte.«

Wir hatten meine Galerie erreicht.

»Galerie II.?«

»Ich sage ja, den Rest hab ich in Deutschland gelassen.«

Appum setzte sich. Er war erschöpft. Ich sagte meinem Angestellten, er möge uns bitte eine Kanne Minztee und zwei Gläser bringen. Als Abdelhaq uns den Tee brachte, hielt Appum ihm das Foto vors Gesicht.

»Haben Sie diese Frau hier schon einmal gesehen?«

»Nein«, sagte Abdelhaq.

»Sie haben doch gar nicht richtig hingeschaut.«

Der Junge räusperte sich und kniff die Augen zusammen. Nein, wiederholte er, er habe diese Frau noch nicht gesehen.

Ich nickte Abdelhaq zu. Er ging zum Schreibtisch am Ende des Raumes zurück.

So wie Appum den Moulay Hassan mit dem Zeigefinger in überschaubare Abschnitte eingeteilt hatte, sprang sein Blick jetzt von Gemälde zu Gemälde. Immer wieder blieb er an den Porträts von Tabal hängen, an den farbintensiven Gesichtern, in die ganze Welten hineingemalt worden waren, Landschaften, Menschen, Tiere, grotesk, amüsant, bedrohlich.

»Mit Tabal, Bouslai und Bentajar war ich vor etwas über einem Jahr in Hamburg«, sagte ich. Appum reagierte nicht. »Vor etwa einem Jahr«, sagte ich.

»So, so.« Er sah mich an. Das Auge flackerte ...

... Er kehrte mittwochs aus Bremen zurück. Er hatte im Heimatmuseum Schloß Schönebeck einen Vortrag über Gerhard Rohlfs gehalten, dessen Sammlung im Schloß aufbewahrt wurde.

»Rohlfs, meine Damen und Herren, war Eigenbrötler. Wenn man seine Lebensphilosophie auf einen zentralen Punkt reduzieren wollte, müßte man sagen: das Credo dieses Mannes war, daß er sich niemals und von niemandem hat abhalten lassen ...«

Tadeus erwartete Assia am Nachmittag. Sie kam nicht. Er lief durch die Säle und fand sich vor dem Foto seines Großvaters wieder. Er starrte seinem Ahnen in die papierenen Augen.

»Guten Tag, Tadeus F. Appum.«

Er fuhr herum. Assia trug orangefarbene Sportschuhe.

»So erstaunt?«

»Sie sind so weichbesohlt heute.«

»Ich wollte Sie überraschen.«

»Das ist Ihnen gelungen.«

»Dieser traurige Mann da auf dem Foto hat Ähnlichkeit mit Ihnen.«

»Mein Großvater. Halten Sie ihn für traurig?«

»Wer so lächelt, ist traurig, ja. War er traurig, Ihr Großvater?«

»Glücklich und traurig, vermute ich. Beides eben. Eine Liebesgeschichte zwischen einem deutschen Reisenden und einer Ausländerin.«

»Schön«, sagte Assia.

»Ja. Schön.«

Expedition

»Ich bin ein Zwischenprodukt, Tadeus. Mein Vater war fort und kam wieder. Er zeugte mich, fuhr wieder und wurde getötet. Deine Großmutter wollte die Tagebücher ihres Mannes ins Feuer werfen. Aber was darin geschrieben stand, war zu schrecklich, um es zu vernichten.

Mutter hat ihn geliebt, trotz allem. Sie hat bis ans Ende ihres Lebens von Vater erzählt. Er hat sie sehr verletzt, und ich glaube, diese Verletzung ist nie geheilt. Dennoch: Über dieses Mädchen aus Neuguinea hat sie nie ein schlechtes Wort gesagt. Mutter sagte, mein Vater, der Völkerkundler und Ozeanograph, sei ein strenger, disziplinierter Mann gewesen. Aber es muß da noch etwas anderes in ihm gegeben haben, etwas für seine Zeit Unpassendes, eine Kauzigkeit, die nicht ins Kaiserreich passen wollte. Aber wie auch immer. Er war in der Südsee.«

Er sah Tadeus an. »Du wirst all diese Orte niemals sehen.«

Tadeus wies mit dem Daumen auf die Bücherwand in seinem Rücken.

»Ich weiß noch, wie ich dir von Thilenius erzählt habe. Ich sagte damals, daß es nichts Schrecklicheres für einen Ethnologen geben kann, als nicht reisen zu können. Kurz darauf hat es dich ereilt.«

»Professor Doktor Malaria«, sagte Tadeus.

Mitte 1907 wird Senator von Melle Vorsitzender der soeben gegründeten Hamburgischen Wissenschaftlichen Stiftung. Noch vor Ende desselben Jahres legen Thilenius, Fülleborn, Krämer und Appum ihm ihre Expeditionspläne vor. Von Melle zeichnet sie ab. Er setzt lediglich eine Änderung durch: statt einen Schoner bauen zu lassen, sollen die Männer einen Dampfer mieten. Dieser Dampfer ist die Peiho. Zum Umrüsten wird die Peiho nach Honkong beordert. Dunkelkammer, Labor und Eismaschine werden eingebaut.

Welche Aufregung. Klopfende Herzen und Schweiß in den Achselhöhlen. Am 15. Mai 1908 werden die Expeditionsteilnehmer in Hamburg verabschiedet und reisen einen Tag später per Schiff nach Hongkong ab. Von dort läuft die Peiho am achten Juli aus.

Man orientiert sich an der Jesup North Pacific Expedition von 1897 und der Cambridge Expedition to Torres Straits im Jahre 1898. Die Hamburger Expedition soll eine Spezialsammlung zusammentragen, die das Hamburgische Museum zu einem der führenden Natur-und-Völkerkundemuseen machen soll. Man will die Ethnien erforschen und herausfinden, ob Neu-Pommern, Neu-Mecklenburg und die Salomon-Inseln das Zentrum Melanesiens bilden. Die zentrale geographische Fragestellung ist die nach dem Grenzverlauf zwischen Melanesien, Mikronesien und Polynesien. Stützpunkt für die Expedition sollen die Blanchebucht mit dem Sitz der Kolonialverwaltung von Deutsch-Neuguinea auf der Herbertshöhe und die Insel Matupi sein.

Am 29. Juli kommt die Peiho in Matupi an.

Er sei ein nüchterner Mensch, ein Beobachter, obwohl er immer wieder mit Erstaunen feststelle, daß er andere Menschen leicht zum Lachen bringen könne, schreibt Hans Theodor Appum:

Aber als wir endlich unser erstes Ziel erreichten, war ich überwältigt von der Schönheit. Was die Fertigkeiten unseres Malers betrifft, haben seine ersten Werke nicht gerade durch Detailtreue überzeugt. Glaube, er malt eher, was er malen will, als das, was sich seinen Augen wirklich zeigt. Ad oculos, wie der Lateiner sagt, das ist hier ein Thema von größerer Schwierigkeit, als es sich auf den – welche Ironie – ersten Blick darstellt. Werde das thematisieren müssen. Man muß von Anfang an klare Worte machen. Vermisse meine schöne Frau. Hoffe, die photographischen Apparate werden funktionieren.

Vogel, unser Maler, erscheint mir ein wenig zu ... ordentlich für einen Maler. Ihm fehlt es an Leidenschaft. Er ordnet, was er sieht. Wenn er überwältigt ist, so will er es sich nicht anmerken lassen. Er macht aus dem Dschungel einen französischen Garten, fast so, als müsse er sich mit seinen Bildern gegen die Fänge des Dschungels zur Wehr setzen. Um nicht ungerecht gegen ihn zu sein: vielleicht versucht Vogel wirklich, den Dschungel zu malen. Aber er begreift ihn nicht.

Hier ziehen Wetter über den Ozean und die Inseln wie gewaltige Opern. Das Farbenspiel ist atemberaubend. Herrgott, wenn man doch Künstler wäre. Aber: Appum als Künstler? Gott und Kaiser mögen die Welt davor bewahren!

Die Gesellschaften sind borniert, manchmal aber auch recht nett, man plaudert freundlich. Die Kolonialbeamten und Kaufleute sind begierig auf Nachrichten aus Deutschland.

Seltsam, daß so viele Kolonialdamen große Brüste haben. Habe Dutzende Kakerlaken mit meinen Schuhen erschlagen.
Was braucht der Mensch?
Eine Hütte, ein Boot, einen Speer, ein Fischernetz, das andere Geschlecht.

Tadeus blätterte weiter. Sein Schreibtisch war voll mit Heften, Briefen und gebundenen Tagebüchern. Er überschlug Jahre und Stationen. Die Nachfolgeexpedition:

Ich habe keine guten Leute gefunden. Ich habe mich unter anderem auf Kreuzer eingelassen, ein mittelmäßiger Tropenmediziner mit albern großem Schnurrbart. Er redet unsäglich über die Insulaner, die er noch gar nicht kennt. Noch hier in Hamburg spricht er verdrießlich. Ich nenne ihn Richard III.

Ich muß zurück. Ich muß mein Mädchen wiedersehen, ich muß, komme, was wolle. Es ist alles vorbei, das Leben bricht ein, Hamburg ist zum Monstrum geworden, ich habe nur einmal mit meiner Frau geschlafen, sie wollte mehr, ich wollte weg, weg, weg. Ich weiß nicht, was werden soll. Mein Gott!

Zurück zur ersten, zur berühmten Expedition:

Haben kleine in Hartpappe gebundene Hefte im Querformat dabei: Wörterverzeichnis und Fragebogen / Vocabulary, Ethnographic Questions. Schreiben darin einzelne Vokabeln auf, werden aber auch versuchen, längere Fragen zu formulieren und beantworten zu lassen, zum Exempel: Wer bebaut dieses Feld?

Sind hier in Matupi eine Gesellschaft weißgekleideter Herren und tragen eine der größten Krankheiten der europäischen Welt mit uns: den Alkohol. Es vergeht kein Tag, an dem wir nicht spätestens um siebzehn Uhr beginnen, Destilliertes zu trinken. Ich habe den Eindruck, daß unter den Kolonialbeamten und den Kaufleuten der Alkohol gefährlicher wütet als all die seltsamen Krankheiten, die man hier bekommen kann.

Die Kaufleute hier, Männer von Hernsheim und Compagnie, von der Wahlen GmbH und der Neuguinea Compagnie, haben beinahe allesamt ihre Familien hier, sie wohnen in schönen weißen Holzhäusern. Aber jeder von ihnen, so scheint es, wenn man ihre Blicke beobachtet, das kurze Wenden des Kopfes, ein Augenzwinkern, jeder hier hält sich eine Insulanerin als Geliebte, vielleicht sogar mehr als eine. Teils stecken sie sie in deutsche Kleider und lassen sie als Hausmädchen arbeiten, teils schleichen sie in ihre Hütten. Selbst im Beisein ihrer Gattinnen schlagen sie den Mädchen auf den Hintern und lassen ihre Hand dort auf der Rundung ruhen, die Gattinnen lachen darüber. Es gilt, den Schein zu wahren, auf Teufel komm raus.
Und der wird eines Tages rauskommen.

Muß zugeben, daß das Fest bei unserer Ankunft am 29. gelungen war. War vollkommen betrunken.
Habe nie mit jemandem darüber geredet, daß es in mir diese stille Sucht nach dem Rausch gibt. Jetzt, da ich regelmäßig schreibe, stelle ich eine gewisse Befriedigung und Lust bei dieser Art der Arbeit fest. Es ist eine Vielzahl von Stimmen in mir.
Man kann nicht darüber reden, aber das Papier ist still und geduldig: Habe bestialische Lust, meine Frau zu besteigen, will in sie hinein, immer wieder und sie ist so weit weg. Mein Gott, wie ich diese Frau liebe. Sie begehre. Als wäre ein Teil meines Körpers getrennt von den Zwängen der Welt und der Arbeit, verformt er sich immer wieder in wilder Lust.

Hier auf Matupi ging 1875 der Kreuzer Gazelle vor Anker. Damit begann es. Ein deutscher Kreuzer, Männer in Uniform.

7. August 1908, heute laufen wir auf unserer Peiho zur ersten Reise aus. Werden zur Matthias-Gruppe fahren und von dort zu den Admiralitäts-Inseln. Planen, etwa im November wieder in Matupi festzumachen.
Der arme Thilenius. Welch absurdes Leben. Ein Völkerkundler von solchem Format ist gezwungen, daheim in Hamburg zu warten, daß wir zurückkehren. Immerhin ist er nicht schon immer krank gewesen. War schon in der Sahara und in der Südsee, auch auf Neuguinea. Seltsamer Gedanke, daß es auch einen Völkerkundler geben könnte, der nicht mehr reisen kann. Grauenhafte Vorstellung.

Es wird viel gelacht an Bord. Der Vorrat an Zigarren ist mehr als beruhigend. Welch ein Privileg, an dieser Forschungsreise teilnehmen zu können. Und wie hat der gute Thilenius um Gelder gebettelt. In jedem einzelnen seiner Bittbriefe hat er dargestellt, wie wichtig das alles ist für die Hansestadt an der Elbe, die wir so lieben. Es war ein genialer Schachzug von ihm, zu sagen, es gehe in erster Linie um den Ruf und die Bedeutung Hamburgs, die Expedition komme eigentlich erst an zweiter Stelle. Damit hat er sie gekriegt, die Hamburger Geldgeber. Mit Hamburg kriegt man die Hamburger immer.

Die Peiho dampft tapfer. Ein schmuckes Schiff – 756 Bruttoregistertonnen, etwa 60 Meter lang, neun Meter breit. Über die Außendecks haben wir Sonnensegel gespannt, die Seeleute nennen das eine Persenning, wenn mich alten Hanseaten nicht alles täuscht. Mahagoni und Messing glänzen. Frage mich, wie weit hin unsere Rauchfahne zu sehen ist. Und was denken die, die diese Fahne nahen sehen?
Vogel hat gestern seinen chinesischen Diener geohrfeigt. Der hat sich überhaupt nicht gewehrt. Es ging wohl um ein Glas Schnaps, das der Diener angeblich getrunken haben soll. Habe um Ruhe und Besonnenheit gebeten, habe gesagt, daß Kleinigkeiten schnell groß werden unter bestimmten Bedingungen.

Professor Fülleborn ist ein ruhiger Expeditionsleiter. Die Schiffsoffiziere lachen manchmal über ihn, als Militär wäre er eine Katastrophe, meinen sie. Meine Herren, sagte ich, Fülleborn will gar kein Militär sein. Er ist Völkerkundler, und glauben Sie mir, das zu sein, fordert den ganzen Mann in ähnlicher Weise wie das Führen einer Kompanie.

Es folgten lange Landschaftsbeschreibungen der Inseln im Bismarck Archipel: Palmen, Strände, Sonnenuntergänge, ein Sturm, der den Großvater »lachen ließ«. Tadeus schmunzelte über die Klischees. Nur über erste, zwangsweise oberflächliche Beschreibungen konnte man sich dem Bild nähern. Erst wenn man die Hand in den Wüstensand legte, konnte man über die Beschaffenheit und Hitze reden. Mit schönen Landschaften war es wie mit schönen Frauen: das Besondere an ihnen war die Schönheit, auf die kein anderes Wort zutraf als Schönheit.

Die Tage seien schnell vergangen, wenn man so viel sehe, so viel, so viel. Es seien Explosionen gewesen, Eindrücke, die nicht zu verarbeiten waren, denen man noch hinterherhechtete, während bereits neue auf einen einstürmten. Der Umtrunk am Abend bekomme etwas Zwanghaftes, sei das einzige, das noch beruhigen könne.

Das hat es alles schon gegeben: Den Fuß auf fremdes Land setzen. Eine Insel betreten. Habe mir angewöhnt, mich zu verbeugen, wenn wir eines der Eilande betreten. Manch einer hier pflegt mein Verhalten zu kritisieren, ich solle doch bitte meine Wurzeln nicht verleugnen.

Ein Blatt berühren, das so groß ist wie ein ganzer Strauch am Elbstrand. Und, mein Gott, so viel Sonne wie in Hamburg im ganzen Sommer nicht.

Die Insulaner sind freundlich und unfreundlich. Viele erscheinen mir höchst amüsiert. Wenn unsere Landgänge ausnahmsweise etwas länger dauern und wir am Abend anfangen, wie von Sinnen nach den Moskitos zu schlagen und selbst ehrenwerte Männer die groteskesten Verbiegungen machen, um sich von dieser Plage zu befreien, ernten wir mitunter Lachsalven von Menschen, die beinahe nackt vor uns stehen und die Existenz der Moskitos mit einer Gelassenheit ignorieren, deren Ausmaß geradezu gespenstisch ist. Und wer immer sagt, das Rauchen einer Zigarre oder Pfeife nütze gegen diese Bestien, der möge doch bitte hierher kommen, er wird eines Besseren belehrt werden.

Vogel, unser Maler, schreibt jetzt auch eifrig. Glaube, er möchte uns dazu bringen, ihn einen Künstler zu nennen. Er trägt Stifte und Pinsel stets so in seinen Taschen, daß die Spitzen herausschauen. Er legt eine Art Überfeinerung an den Tag, die hier noch unpassender ist, als sie es in Hamburg wäre. Stelle mir Künstler anders vor. Sie bewegen sich außerhalb des ... Systems. Vogel ist konservativ, angepaßt, unauffällig und schreit seinen Diener an. Es ist recht interessant, welche Details er in seinem Buch festhält, er hat mir eine kleine Szene zu lesen gegeben:
»Die Boote werden dann (nach dem Landgang) gehißt, Gewehre und Revolver entladen und gereinigt, und jeder geht in seine Kammer, wirft den stets triefenden Khakianzug in eine Ecke und erscheint nach kurzer Zeit gesäubert und in weißem Anzug im Salon zur Mahlzeit.«
So kann man das auch betrachten.
Mich interessieren viel mehr die Blicke der Eingeborenen, mich interessiert, was sie sagen, wenn wir gehen. Aber noch verstehe ich sie nicht. Ihre Sprache ist für uns mindestens so schwer zu erlernen, wie unsere es für sie sein mag. Allerdings erkenne ich bei ihnen keinerlei Interesse daran, mit uns in Kontakt zu treten. Die paar Übersetzer, die wir haben, sind sicher nicht vertrauenswürdig. Sie lachen zu viel und kriegen manchmal einen roten Kopf, übersetzen aber fröhlich dahin. Wir schätzen die Anzahl verschiedener Sprachen hier bisher allein auf über 20. Unser Linguist neigt zur Verzweiflung.

Nie im Leben so viele nacktbrüstige Frauen gesehen. Sie sind – in unseren Augen – ungepflegt. Die Frauen kriegen hier viele Kinder, ihre Brüste sind schlaff und hängen, sie sind dunkel, sie wirken in gewisser Weise ordinär und das wiederum macht einen ganz besonderen Reiz aus. Diese Brüste sind nicht verhüllt, sie sind zum ... Berühren da, zum Liebkosen, zum Säugen ...

Vermag die Sprache der Augen noch nicht zu lesen. Jedes Auge hier ist dunkel und tief. Der Grund ist für uns nicht auslotbar. Was hilft das Vermessen von Schädeln, wenn wir nicht hineinhören können.

Unsere Beine sind zerschnitten von den Korallen.
Fülleborn persönlich war sich nicht zu fein, den Durchfall von Dr. Reche zu untersuchen. Es wimmele von Würmern im Gedärm des Kollegen, stellte er lakonisch fest.

Es folgten seitenlange Beschreibungen von Moskitostichen, Malariaanfällen, Würmern, Läusen, kollektiven Erbrechungsanfällen. Als wäre die Krankheit die eigentliche Majestät der Reise gewesen. Daneben regierte bei Appum die Sehnsucht nach seiner Frau. Nur wenige Zeilen tiefer jedoch:

Hier leben!

Am 7. November geht die Peiho wieder in Matupi vor Anker. Appum glaube, die Offiziere seien froh, die Wissenschaftler für einige Tage vom Hals zu haben. Vogel habe sich bei Fülleborn beschwert, daß er auf dieser ersten Fahrt nicht genug Zeit zum Malen hatte. Fülleborn höre sich immer alles geduldig an und mache sich Notizen. Er sei ein angenehmer Mensch. Dumm sei, daß oft die Freundlichen und Anständigen sich nicht wehren können gegen die Groben. Die Freundlichen zögerten selbst in

Notwehr noch, in ein Menschengesicht zu schlagen, die Groben nicht. Das sei eine Tragödie. Im Grunde könne man gar nicht anders, als willentlich ein Stück der eigenen Freundlichkeit abzulegen, wenn man überleben wolle.

Die ersten Ergebnisse werden ausgewertet, wir legen Kataloge und Wörterbücher an, diskutieren den bisherigen Verlauf der Expedition. Fülleborn und ich ahnen es längst: sind wir auf dem besten Wege, eins zu werden mit dem Gegenstand unserer Expedition? Die Grenzen verschwimmen mehr und mehr, doch müssen wir nicht Abstand halten? Es ist nicht gut für einen Wissenschaftler, zu nahe dran zu sein.
Odysseus, sage ich, ist geblieben.
Ja, ja, sagt Vogel. Bei Kalypso wäre er auch geblieben.
Wir lachen.
Zu Fülleborn sage ich, daß wir überlegen müssen, länger an einzelnen Orten zu bleiben, nicht auf dem Schiff, sondern an Land bei den Eingeborenen zu leben. Wir seien bislang zu sehr an der Oberfläche geblieben.

Bleiben? Auf einer der Inseln hier mit den Eingeborenen leben und versuchen, ihr Dasein wirklich zu ergründen? Freunde gewinnen? Eine Frau kennenlernen? Kühne Gedanken, die der heiße Wind hier mit sich zu tragen scheint. Meine Frau hierherholen? Ausgeschlossen! Sie ist Hamburgerin, und sie ist es gern.

Ich habe eine hübsche Maske geschenkt bekommen. Ich habe sie mir in der Kabine vors Gesicht gehalten. Plötzlich war mein Kopf hölzern, die Augen klein, ein paar Haare – trockene Gräser – sprossen. Ich sah dieses Wesen lange an und vermag noch nicht zu beschreiben, was ihm durch den Kopf ging. Neue Gedanken, fremde Gedanken, die plötzlich möglich werden. Ich habe Vogel gefragt, ob er schon diese wundervollen Masken gemalt habe. Er hat sofort abgewunken, er suche sich seine Motive selbstverständlich allein, er verbitte sich weitere Vorschläge. Da fiel mir der Götz von Berlichingen ein. Sehr ruhig sagte ich, er könne mich allmählich am Arsch lecken.

Am 22. November bricht die Peiho zur nächsten Etappe auf. Ganz Neu-Pommern wird umrundet. Am 22. Dezember erreicht man Rabaul.

Habe Weihnachten vorwiegend allein verbracht.
Habe meiner Frau geschrieben.
Dadurch, daß ich jetzt seit Monaten so viel schreibe, fallen mehr und mehr Hemmungen weg. Bin gespannt, wie meine Liebe auf den Brief reagieren wird. Er war sehr ... pikant. Oh, ihre Wangen werden glühen!

Unsere Photoplatten erweisen sich als schlecht. Sie sind alt und offensichtlich nicht tropentauglich. Das Bildmaterial, das wir auszuwerten versuchen, ist allenfalls mittelmäßig. Einige Photos sind völlig unkenntlich. Vogel hatte hier seine große Stunde, man müsse sich dann halt voll und ganz auf seine Fähigkeiten verlassen. Mit den Phonographen geht es uns nicht viel besser. Die Wachswalzen sind inzwischen aufgeweicht. Der Wiener Apparat funktioniert gar nicht, der Wertheimer wird uns wenigstens einige Sprachaufnahmen sichern. Die Technik, die Technik. Hier gibt es Seekarten, die aus verschieden langen Stäbchen zusammengebunden sind, kleine Muscheln markieren Inseln, Querstreben zeigen die Meeresströmungen an – genial. Und was noch hinzukommt: der Bootsführer nimmt die Karten gar nicht mit, er prägt sie sich vor der Reise ein.

28.12.1908. Es geht weiter. Endlich.
Ich setze mir jetzt allabendlich meine Maske auf.

Die Peiho dampft an der Südküste Neu-Pommerns entlang bis nach Neuguinea. Zu Fuß durchquert ein Teil der Expeditionsteilnehmer den Westen Neu-Pommerns.

Die Forschung sei ganz deutlich eine Forschung auf Distanz gewesen, liest Tadeus in Hans Fischers Buch über die Expedition. Abbau der sozialen Distanz sei noch kein Ziel, der höhere soziale Status der Untersuchenden werde zweifellos als Vorteil betrachtet, den man auch nutze. Das bedeute ganz automatisch Befragung – und nicht Unterhaltung, Austausch – und Beobachtung auf gewisse Entfernung und unter bestimmten Umständen. Die Beobachtung sei überwiegend auf den engen Raum des Ethnographen beschränkt, den dieser am Rande einer Siedlung habe, könne aber nicht das tägliche Leben einbeziehen, sondern entweder nur das Äußere und Statische – Häuser, Boote, Kleidung, Geräte – oder zufällige Beobachtungen – ein öffentlicher Arbeitsablauf – oder gar Vorführungen.

Demgegenüber fänden sich kaum Bemerkungen in den Tagebüchern, die zeigten, daß die Untersuchenden am täglichen Leben der Einheimischen in irgendeiner Weise beteiligt gewesen wären.

Im April 1909 wird Neu Pommern an anderer Stelle noch einmal zu Fuß durchquert. Wieder ist Appum dabei. Es sei ihm unmöglich gewesen, sich auf seine Arbeit zu konzentrieren. Er frage sich, warum es ihm hier so viel schwererfiele als im Deutschen Reich. In einem Dorf habe er an einem Tanz teilgenommen, die anderen hätten ihn dafür scharf kritisiert. Er sammele inzwischen mehr und mehr Masken, habe dafür einen Träger angeheuert, der die Masken in einem Seesack auf dem Rücken durch den Busch trägt. Die körperliche Konstitution und Kondition dieser Menschen hier sei ganz erstaunlich.

Bevor wir uns schlafen legten, habe ich den Sack mit den Masken abgetastet. Ein Gewirr von Gesichtern, Fratzen und Ungeheuern, alle zusammen in einem Bauch, der sie gebären wird.

Die Menschen hier haben viel Zeit. Mann und Frau sind ständig beieinander, sie berühren sich. Sie ... schmusen öffentlich. Unser Kaiser wäre ein verlorener Mann.
Kann der Kaiser küssen?

Im Mai dampft unsere tapfere Peiho den Kaiserin-Augusta-Fluß stromaufwärts. Der Fluß ist beinahe tausend Kilometer lang und zieht sich durch den Dschungel. Hatten wir zuvor schon vereinzelt unter den Moskitos zu leiden, so wird das jetzt noch schlimmer. Unsere weißen Abendanzüge sind schwarz von Insekten, und wenn wir uns durch gezielte Schläge mit selbstgebastelten Fliegenklatschen von der Plage zu befreien suchen, verfärbt sich manch ein Anzug rot vom Blut, das diese grauenvollen Viecher uns aus der Haut saugen. Von den Ufern nähern sich manchmal Kanus mit bewaffneten Männern, die zu uns hinaufschimpfen. Ich höre, daß unsere Gewehre durchgeladen werden. Wer einen Revolver hat, spannt den Hahn. Ich sage, gerade hier sollten wir an Land gehen, gerade hier sollten wir uns als das erweisen, was wir sind: Völkerkundler, vorurteilsfrei, friedliebend, andere Kulturen respektierend. Ich lehne mich an die Reling der Peiho und sehe freundlich zu den Kriegern dort unten in dem Einbaum hinunter, und ich frage mich, ob man dem anderen nicht Frieden abringen kann, wenn man sich ihm gegenüber nur lange genug friedlich zeigt. In dieser angespannten Situation schlägt Vogel seinen Diener wieder. Der schießt sich abends beim Reinigen von Vogels Gewehr selbst ins Bein. Vogels Kabine ist voller Blut. Der Herr Maler ist außer sich. Als er mir begegnet, setze ich eine meiner Masken auf.

Ich will meine Frau, eine Frau, eine Frau.

Auf dem Kaiserin-Augusta-Fluß läuft die Peiho zahlreiche Uferdörfer an. Als besonders ergiebig erweist sich den Forschern die Maskenkunst. Nicht selten sind die Schiffsoffiziere eher an Land als die Wissenschaftler und tauschen auf eigene Rechnung Gegenstände ein. Ein Offizier fühlt sich bedroht und eröffnet das Feuer. Es gibt Tote unter den Eingeborenen.

Abends an Bord heftige Diskussionen. Ich bin außer mir. Ich, man stelle sich das vor, ich schreie einen Mann an und schimpfe ihn einen Dummkopf und Barbaren. Aber mit der stillen Liebe zu Ruhe und Ordnung werden im Laufe der Diskussion alle wieder gelassener, die Blicke freundlicher, die Argumente diplomatischer und, ohne daß ich es will, finden wir in unserem Salon auf unserem Schiff zurück zum Ton der Zivilisierten, der Untertanen, die hier Herrscher spielen, wir schiffen uns ein in die Welt geschlossener Kragen und angemessener Ausdrucksweisen. Als wenn der Teufel freundlich wäre, ist nach einer Stunde scheinbar alles vergessen und wir geben ein Bild ab, wie es harmonischer und kultivierter kaum sein könnte. So ist das, wenn ein Streit abgebogen wird mit Hilfe von Regeln. Er wird zugedeckt, aber – er brodelt weiter.

Wir erreichen ein Dorf, dessen Namen uns die Eingeborenen nicht sagen können. Wir nennen es das 252-Kilometer-Dorf. Wir landen an.

Es war dieser Blick. Die Frau stand am Rande einer Empfangsdelegation. Es war dieser Blick aus schwarzen Augen, in dieser ungeheuren feuchten Hitze. Ein Blick, der mich auf der Stelle absorbierte.

Was war es bei ihm und Assia? Als sie ihm zum ersten Mal in die Augen gesehen hatte, hatte er krampfhaft an ihr vorbeigesehen, er hatte ihr zuvor nie lange in die Augen gesehen, vielleicht auf die Nasenspitze oder die Lippen, manchmal heimlich auf die Brüste. Ihren Augen wich er aus wie ein schüchterner Junge, der zum ersten Mal verliebt ist und mit Schrecken die eigene Feigheit erkennen muß. Was müßte er jetzt über seine Gedanken an Assia schreiben, wenn er ehrlich wäre? Er sah in den kleinen Spiegel, der auf seinem Schreibtisch stand. Was müßte er schreiben? Ich küsse deine Augen. Ich küsse deine Nase. Ich küsse deinen Mund. Ich küsse deinen Hals, ich küsse deine Brüste. Ich küsse deine Augen. Du riechst nach Wüste.

Es hatte aufgehört zu regnen und ein grauer Morgen sackte auf Hamburg. Tadeus hörte, wie die Tür zu seinem Arbeitszimmer geöffnet wurde, und spürte Katrins Blick zwischen den Schulterblättern. Dann wurde die Tür wieder geschlossen. Tadeus wartete einen Augenblick, ging in die Küche, kochte eine Kanne Kaffee, stellte eine Tasse, ein Milchkännchen und eine Zuckerdose aus dem letzten Jahrhundert auf ein silbernes Tablett und ging in sein Arbeitszimmer zurück.

Ich habe durchgesetzt, daß ich in diesem Dorf bleibe und die Peiho mich wieder aufnimmt, wenn sie den Fluß zurückdampft. Ich habe eine Menge Papier und einen der Phonographen hierbehalten. Wie ein Mönch blieb ich einen ganzen Tag am Rande des Dorfes sitzen. Sie haben mich angesehen, aber nicht weiter beachtet. Diese Frau, offensichtlich alleinstehend, falls man das hier so sagt, näherte sich. Sie legt den Kopf ein wenig zur Seite, wenn sie mich ansieht. Sie trägt ein Tuch um die Hüften. Sie ist schwarz, sie ist anders als alle Frauen, die ich kenne. Ich weiß nicht, ob sie schön ist.

Dummerweise werde ich krank. Mein Magen rumort. Die Dorfbewohner bringen mir trockenen Fisch und Obst. Manchmal stehen sie um mich herum und unterhalten sich. Am dritten Tag bieten sie mir eine Hütte an. Ich begleite sie zum Fischen. Sie zeigen mir, wie sie ihre Felder bestellen. Ich nehme an Besprechungen teil. Ein Mann wird aus dem Dorf gejagt, ich glaube, daß er eines Verbrechens überführt worden ist. Ich skizziere flüchtig die Hauskonstruktionen, die Boote, die Grabstät-

ten. Ich beobachte, wie die Eingeborenen Totenschädel übermodellieren, um Masken anzufertigen. Wieder denke ich, man müßte Künstler sein, denn meine Zeichnungen sind mehr schlecht als recht. Ich zeichne die Frau, die sich vor meine Hütte gesetzt hat und mich anlächelt. Sie kommt jetzt häufig zu mir. Ich verfluche den Tag, an dem ich die Rauchfahne der Peiho sehen werde.

Sie ist zu mir gekommen in der Nacht. Zu mir. Zu mir.

Am dritten Juni nimmt die Peiho Appum an Bord und dampft den Kaiserin-Augusta-Fluß wieder hinab. Am letzten Tag vor dem Verlassen des Dorfes hat Tadeus' Großvater einen Stapel an Aufzeichnungen angefertigt, um seine Arbeit vor Ort zu dokumentieren. Offenbar hat er das so gut gemacht, daß aufgrund der Ergebnisse die Diskussion um stationäre Aufenthalte abgeschlossen wird und die Expeditionsteilnehmer planen, diese Vorgehensweise zu vervollkommnen. An entscheidenden Stellen seiner Aufzeichnungen hat Appum Lücken gelassen, Erkenntnisse verschwiegen, Schlußfolgerungen nur skizziert.

Am 30. Juni wird das erste Expeditionsjahr in Hongkong begossen. Am 22. Juli verläßt die Peiho Hongkong und nimmt am 31. Juli auf den Karolinen Hambruch an Bord. Dr. Müller wird zum stationären Aufenthalt auf den Karolinen entlassen. Appum versucht, erneut an den Ufern des Kaiserin-Augusta-Flusses abgesetzt zu werden, um weiterarbeiten zu können, aber Hambruch lehnt ab.

Nun wird nach meinem System geforscht, aber ich bin weit weg von allem, was ich will. Hitze lastet auf mir, das Gemurmel der anderen, die bemerkt haben, wie ich mich ereifert habe, um wieder in das Dorf zu kommen. Ich befürchte, einige haben mich erkannt. Allen voran Vogel. Zu meiner großen Pein ist mein Glied übersät von weißlichen Pickeln

und ich muß zum Arzt. Natürlich bleibt das nicht geheim. Vogel meint im Vorbeigehen, man müsse hier schon höllisch aufpassen.
Mein Gott, ich habe kaum mit ihr gesprochen.
Sie hat unverhohlen geweint, als ich ging.
Auch ich habe heimlich geweint, hinter einer meiner Masken, abends in meiner Kabine auf der Peiho, die mich unaufhörlich wegbrachte von meiner Geliebten.

Später, als Tadeus Assia die Geschichte seines Großvaters erzählte, sagte sie: »Such nicht zu viel dahinter, Tadeus. Männer wollen mit Frauen ins Bett. Das ist so gut – wie langweilig.« Wann hatte sie das gesagt? Als ihre Hand sich im Schein der Schreibtischlampe auf seine zubewegte? Als sie gerade miteinander geschlafen hatten? Oder war es im Museum vor dem Foto, das seinen Großvater zeigte in einem Moment, in dem dieser Mann nichts geahnt haben konnte von all dem, was ihm noch bevorstand?

Am 4. August 1909 kommen in Palau Augustin Krämer und seine Gattin Elisabeth Krämer-Bannow an Bord. Krämer übernimmt die Leitung der Expedition und setzt sofort auf stationäre Feldforschung. Hambruch bleibt zwei Wochen in Mogemog, Safert in Sorol. Solch lange Aufenthalte setzen sich fort. Appum unternimmt mehrere Versuche, den neuen Expeditionsleiter zu bewegen, ihn zum Kaiserin-Augusta-Fluß zurückzubringen, weil seine Arbeit dort unvollkommen gewesen sei, er aber eine hervorragende Ausgangsbasis geschaffen habe, um ins Detail gehen zu können.

Es liege nicht auf unserer Route, sagt Krämer. Er hat die Leute hier besser unter Kontrolle, als Fülleborn es hatte. Er ist autoritär, er weicht Streit nicht aus, auch nicht mit der Schiffsführung, die erkennt, daß sie in ihm einen ... militärischen Charakter vor sich hat. Ausgerechnet ich soll bei Krämer und seiner wirklich hübschen und sehr freundlichen Frau bleiben und vor Ort mit ihnen arbeiten, erst auf Fais, Zentral-Karolinen, danach – erneut mit beiden – für Wochen auf der Oleai-Gruppe. Jeden Abend sehe ich sie Arm in Arm verschwinden, und ich stelle mir vor, wie er sie auszieht. Mein Fluchen legt sich wie ein Orkan über die Südsee.

Fliehen!
Über Bord gehen. Mich hier irgendwie durchschlagen. Zurückkehren zu dem Mädchen an jenem ungeheuren Fluß. Die Insulaner würden mich bestimmt unterstützen, würden mir helfen zurückzukommen an diesen Fluß und dessen feuchte, heiße Ufer.
Mir kommen immer seltsamere Ideen. Ich will mich grün anmalen, ich will mir eine meiner hölzernen Masken aufsetzen und mich im Dschungel verstecken, daß die Kameraden meterdicht an mir vorbeigehen und mich nicht sehen können.
Sie sollen mich für ein exotisches Gewächs halten, für eine hölzerne Stele oder eine verfaulte Wurzel.

Meine Frau gehört jetzt zu einem anderen Leben, zu einem Leben, das weiter fort ist, als Kilometerzahlen es beschreiben könnten. Ich bin dankbar für die Jahre, die ich mit ihr hatte. Aber jetzt will ich sie weder sehen noch irgend etwas mit ihr zu tun haben. Sie ist eine gute Frau, sie wird einen anderen finden und mich vergessen, wenn ich hier im Busch verlorengehe. Niemand wird mich finden. Ich will zurück zu meinem Mädchen.
Ich. Ich. Ich.
Es war das Paradies.
Das Paradies in einer dreckigen, dunklen Hütte, in der es von unbekanntem Getier wimmelte. Das Paradies mit einer Frau, deren Geschlecht so ganz anders roch als das Geschlecht meiner deutschen Frau.

Mit einer Frau, die rauhe Hände hat, deren Schweiß nach Dschungel riecht und die sich nach dem Stuhlgang mit Laub säubert. Das Paradies mit einer Frau, mit der ich kaum sprechen konnte.
Ich muß dorthin zurück.
Abends in der Kabine binde ich mir zwei Masken um den Kopf, kann nun gleichzeitig nach vorn und nach hinten schauen.

Seltsamerweise muß ich hier im Dschungel und auf dem Meer an Gerhard Rohlfs denken, dessen Schriften mich so sehr beeindruckt haben. Er hat es geschafft, er hat in Marokko gelebt, bei den einfachen Leuten ebenso wie als Leibarzt des Sultans. Aber er ist zurückgegangen. Warum? Er wollte doch nie etwas anderes, er hat so viel riskiert, um nach Marokko zu kommen und dort bleiben zu können, es hätte ihn fast das Leben gekostet. Aber er ist zurückgegangen nach Deutschland.
Ich will nicht zurück.
Hat auch er das einst gedacht – und ist dann doch zurückgekehrt?

Während unsere Forschungsergebnisse im ersten Jahr unter Fülleborn etwa zwölfhundert Seiten ergeben werden, arbeiten wir jetzt durch die stationäre Forschung bereits an Band sechzehn und werden wohl auf mehr als zehntausend Seiten kommen. Ich müßte mehr Lücken einbauen, die eine weitere Expedition zwingend erscheinen lassen. Oder fliehen.

Bist du von Sinnen?
Es ist mir, als hörte ich diese Frage, als spreche sie jemand hier in meiner Kabine laut aus, als sei nicht ich es, der sie stellt. Verliere ich den Verstand? Bin ich krank?
Und vor allem: Wer bin ich? Ich? Hier?

Vom 22. Februar 1910 an dampft die Peiho durch das Gebiet der Marschall-Inseln. Vor Jaluit läßt Appum sich über Bord gleiten und schwimmt an Land. Er ist allein, er trägt nur eine Hose am

Leib, er blickt um sich und der Dschungel ist laut, dicht und schwarzgrau in der Nacht.

Ich habe niemals so viel Angst gehabt.
Ich kam mir klein vor, kleiner als eine Ameise. Ausgeliefert, wehrlos, gelähmt von allem, was sich da bewegte, was da Geräusche machte, sich aneinanderrieb. Mit zitternden Händen beschmierte ich meine helle Haut mit Schlamm, daß sie nicht leuchtete in der Nacht und wer weiß was für wilde Tiere nach mir äugten. Ich fror. Ich kroch in einen hochwurzeligen Baum, legte meine Hände an die Rinde, als wolle ich die Ruhe aus dem Holz in mich hineinziehen. Ich hab nicht einmal an mein Mädchen gedacht. Ausgerechnet Vogel war es, der mich fand, als am Morgen eine Suchexpedition gestartet wurde. Was ging jetzt in diesem Mann vor, in diesem arroganten Kerl, mit dem ich mich oft gestritten hatte? Er sah mich lange an, wie ich kümmerlich in meiner Tarnung auf einer Wurzel saß. Er setzte sich schweigend zu mir. Irgendwann nickte er, half mir, den Schlamm abzuwaschen und erzählte später an Bord, ich sei in der Nacht – offensichtlich leicht angetrunken – über Bord gefallen und habe mich an Land gerettet. Wir machten dann schon zum Frühstück eine Flasche auf, selbst Krämer trank mit und grinste sein breites Grinsen, bevor er sich wieder der Arbeit zuwandte. Später stand Vogel neben mir an der Reling und legte mir die Hand auf die Schulter. Er werde niemals ein Wort darüber verlieren, bei seiner Ehre. Ich verstehe den Mann nicht, überhaupt nicht. Ich bin völlig ratlos.

Mein Gott, bin ich froh, meine Kabine wiederzuhaben, mein Schreibzeug, meine Masken. Und den Schnaps. Den ganzen Tag lang pocht mein Herz, ich hatte solche Angst. Ich stürze mich in die Arbeit, überprüfe die Aufzeichnungen der Phonographen, versuche Photoplatten zu retten, schreibe, zeichne, lerne Vokabeln, diskutiere mit den anderen die mögliche Bedeutung verschiedener Tänze. Meine Arbeitswut reißt sie alle mit, wir reden bis tief in die Nacht hinein, sitzen im Salon, reden, reden, reden.

Wie ist sie, fragt Vogel mich nachts an Bord. Ich habe seine Schritte auf den Planken der Peiho gehört.
Ich weiß es nicht, sage ich. Ich weiß es nicht.
Ich wünsche Ihnen viel Glück, Appum. Vielleicht sind Sie der, der ich gern wäre.

Am 22. April 1910 macht die Peiho im Hafen von Hongkong fest. Die Expedition ist beendet.

Koste es mich, was es wolle. Ich werde zurückgehen zum Kaiserin-Augusta-Fluß.

Die Liebe des Ethnologen

»Diese Geschichte habe ich Assia erzählt«, sagte Appum.

Er ging an den Wänden meiner Galerie entlang und betrachtete die Gemälde. Er stand vor der zweieinhalb Meter hohen Skulptur eines vielfarbigen Vogels, dann vor dem Tisch, auf dem kleine Holzfiguren aus fremden Welten zurückhaltend, aber höflich dem Betrachter entgegensahen. Appum trat zentimeterdicht an ein wildes Porträt mit aufgerissenem Mund und großen Zähnen heran.

»Ich gehe jetzt.« Wir verabredeten ein gemeinsames Mittagessen bei den Fischern. Appum verschwand durch das sonnengefüllte Türrechteck. Zwei Frauen auf der Straße sahen ihm hinterher.

Ich dachte an Lydia. Ich stellte sie mir nackt vor, nackt in einem Bett. Mit einem anderen Mann. Das war so ein Gedanke von mir: Lydia zu beobachten, während sie es mit einem anderen Mann trieb. Lydia sollte wissen, daß ich zusah. Ich klopfte mit dem Finger auf die Tischplatte. Ich zündete mir eine Zigarette an, ging zur Tür und suchte nach Appums langer, humpelnder Gestalt. Er war nicht mehr zu sehen.

Die Tische bei den Fischern waren fast alle besetzt. Appum war nicht da. Der Atlantik krachte gegen die Hafenmauer. Die Sonne brannte auf die Stadt. Der Hal zerrte am Sonnensegel über den Bänken und bauschte die von den Teppichhändlern in täglich neuer Collage ausgelegten Kelims auf. Ich beobachtete einen Krebs, der sich aus einem der Eimer geflüchtet hatte und jetzt versuchte, an der Hafenmauer emporzuklettern. Einige Fischer standen um ihn herum und lachten. Immer wieder streckte der Krebs seine Scheren gegen die Steine. Aber so scharf und tödlich seine Fangwerkzeuge auch waren, sie kratzten vergeblich am Stein. Er krabbelte zwischen den Füßen der Männer hindurch. Er versuchte einen Meter weiter noch einmal, die Mauer hinaufzukommen, und scheiterte, rutschte ab und lief mit spitzen Beinen auf die Bankreihen zu. Jetzt bückte sich einer der Fischer und nahm das Tier hoch. Ich wandte den Blick ab.

Als Appum nach einer halben Stunde noch nicht erschienen war, bestellte ich. Gerade als ich die Dorade filetierte, setzte sich ein Mann in brauner Djellabah an meine Seite und streifte die Kapuze vom Kopf.

»Ich hab nur ein paar Meter entfernt gesessen«, sagte Appum. »Und Sie haben mich nicht erkannt.«

»Na, dann sind Sie ja endgültig angekommen.« Nachdem ich das gesagt hatte, nahm ich etwas in Appums Gesicht wahr, das ich bis dahin noch nicht gesehen hatte. Er war glücklich. Er lächelte mich beschämt an und legte mir eine Hand auf die Schulter, ganz kurz nur, aber für ihn war das zweifellos eine seltene Geste. Während die Wunden in seinem Gesicht heilten, schien er mir dünner geworden, müde, die Wangen waren noch hohler und den Schultern fehlte die Spannkraft. Er schwitzte stark.

»Erfolgreich gewesen in den Galerien?«

Nachdem Tadeus Paul in der Galerie verlassen hatte, war er in das Gedränge auf der Rue Laalouj eingetaucht. Wenn er eine kleine Frau sah, versuchte er, sie im Blick zu behalten. Aber die fremden Körper um ihn herum schoben und stießen ihn, der Schweiß brannte auf seiner Haut und sein Herz pumpte gegen ein Gefühl ungeheurer Enge in seiner Brust an. Er erreichte das Musée Sidi ben Abdellah. Das Tor war vernagelt, durch die glaslosen Fenster konnte er in die verfallenen Innenräume sehen und auf Treppen, die im Nichts endeten. In keinem Reiseführer hatte gestanden, daß das Museum geschlossen war. Gottverdammte Schweinerei. Ihn so zu hintergehen. Weiter. Weiter, weiter. Ich hab nicht viel Zeit, Assia. Weiter. Galerie La Kasbah. Eine junge Frau schnitt Passepartouts. Er zeigte ihr das Foto. Nein, sagte sie. Nein, noch nie gesehen.

»Sie ist Malerin. Hat sie hier mal ihre Bilder angeboten?«

»Nein. Aber wenn Sie etwas kaufen wollen. Wir haben ganz neue Sachen da . . .«

Tadeus ging weiter. Galerie Othello.

»Kann sein, kann auch nicht sein«, sagte der Mann.

»Kann sein, kann auch nicht sein? Wenn Sie diese Frau schon einmal hier gesehen haben, werden Sie sich doch an sie erinnern!«

»Guter Mann, hier kommen täglich Dutzende von Leuten rein. Deutsche, Amerikaner, Franzosen, Briten, Schweden.«

»Sie kennen die Frau ganz sicher nicht?«

»Sagte ich doch schon, ich weiß es nicht.«

Den halben Weg durch die Medina, rechts auf die Rue Mohamed El Qorry zum Ensemble Artisanal.

»Kann ich das Foto behalten? Als Vorlage für ein Porträt?«

»Nein.«

Die berühmte Galerie Damgard ganz in der Nähe von Pauls Geschäft. Damgard zögerte. Er sprach Deutsch. Tadeus gab das Foto zum ersten Mal aus der Hand.

»Sie kennen sie. Kommen Sie schon, Sie kennen sie. Hab ich recht?«

»Nein. Ich würde Ihnen gerne weiterhelfen. Aber, nein, ich kenne diese Frau nicht.«

»Assia Alachjan. Sie ist Malerin.«

Damgard schüttelte den Kopf. Tadeus sank auf einen Stuhl. Damgard winkte einem Angestellten, und der junge Mann brachte Tadeus ein Glas Minztee.

»Es tut mir wirklich leid«, sagte Damgard. »Ich kann Ihnen nicht weiterhelfen. Verzeihen Sie.«

»Können Sie mir nicht helfen, oder kennen Sie diese Frau nicht?«

»Ich kenne sie nicht.« Tadeus bemerkte, wie Damgard ihn musterte.

»Ist alles in Ordnung mit Ihnen? Haben Sie Probleme mit dem Klima? Sie sehen – mit Verlaub – nicht gut aus.«

»Wenn ich fertig bin, gehe ich fort von hier. Wenn ich fertig bin. Haben Sie Dank für den Tee.«

An der Tür drehte Tadeus sich noch einmal nach Damgard um. Der Galerist wirkte klein zwischen den Gemälden und Skulpturen.

»Wie ist es, hier zu leben?« fragte Tadeus.

»Schön.«

»Sehnen Sie sich manchmal nach Ihrer Heimat zurück?«

»Ja. Das schon. Manchmal ist es sehr schlimm. Und Sie? Leben Sie hier?«

»Ich? Keine Ahnung.«

Er ging ins Zentrum der Medina. Auf dem Souk kaufte er eine Djellabah. Mit dem Stoffbündel unter dem Arm schleppte er sich zum Appartement. Er nahm seine Tabletten und trank eine Flasche Wasser. Er zog sich aus und legte sich Assias Foto auf die Brust. Er hörte den Atlantik rauschen. Nach einer halben

Stunde hatte sich sein Herzschlag so weit beruhigt, daß er duschen konnte.

Er ging zum Hafen und setzte sich unter die Sonnensegel über den Grillstätten der Fischer. Er wartete auf Paul. Als der bestellte, setzte Tadeus sich neben ihn.

»Erfolgreich gewesen in den Galerien?«

»Nein.« Leise sagte er: »Ich kann bald nicht mehr. Ana malit.« Ich zog meinen Notizblock aus der Tasche.

»Na gut, mon ami. Alles begann mehr und mehr aus den Fugen zu geraten, ohne daß Assia und ich hätten ahnen können, wie unsere Geschichte beendet – und hier«, er beschrieb mit dem Zeigefinger einen Bogen über den Moulay Hassan, »hier weitergehen würde.« ...

... Einmal wartete er im Eingang nach Indonesien auf sie. Als sie sich näherte und den Kopf ein wenig zur Seite neigte, schloß er die Augen. Er breitete die Arme aus und ging blind auf den Barong zu, vier Schritte, dann zwei nach rechts, sechs geradeaus, drei links, zwei rechts, drei links und stand in der Tür zur Südsee. Er drehte sich um und verbeugte sich vor dem erstaunten Blick der Besucherin, die leise in die Hände klatschte.

Als er nachts das Zimmer betrat und die antike Schreibtischlampe anknipste, stellte er sich vor, Assia säße im Sessel und sähe ihn an. Er betrachtete das Foto der Insulanerin mit den weggekratzten Augen und das Foto der Großmutter vor den Kränen, Seilen und Steinhaufen der Baustelle, die heute das Museum war. Er hörte seinen Vater husten.

Als er seine Wohnung betrat, stand Katrin im Flur. Sie trug eines seiner alten weißen Hemden als Pyjama. Sie sah ihn an, wandte sich ab und ging ins Schlafzimmer. Tadeus legte sich auf das Sofa und deckte sich mit einer usbekischen Steppdecke aus Samarkand zu.

Er hörte, daß Assia Indonesien betreten hatte.

Er sah sich nicht um.

Je länger er den Barong anstarrte, desto deutlicher bewegte der sich, neigte sein Haupt und setzte an zur Drehung. Zwei hervorragend aufeinander abgestimmte Tänzer verbargen sich in solch einem Barong. Mähne und Körper des Fabelwesens waren mit glitzernden Steinen und Goldfäden durchsetzt. Ein Narr, wer glaubte, der Barong sei aus Stoff.

Tadeus ging weiter. Kurz vor dem Maskensaal sah er sich um. Assia blieb stehen. Sie war heute ganz in Schwarz. In diesen Kleidern wirkte sie noch schmaler, der Stoff setzte sich fort aus dem Schwarz der Haare, es war, als trage sie ein Kapuzenkleid, wäre der Glanz auf dem Haar nicht gewesen.

Er streckte ihr die Hand entgegen.

Mit jedem Schritt, den sie sich näherte, kam ein Stück Leben auf ihn zu, die dunkle, kleine Gestalt entblößte Detail um Detail, eine Hand, eine Augenbraue, ein Schimmern auf der Nase. Komm, Assia, komm. Tadeus ging einige Schritte rückwärts, um Assias Näherkommen zu verlängern. Das Licht aus dem Maskensaal flimmerte in seinen Augenwinkeln, die eingelassenen Scheinwerfer im Maskensaal strahlten in unregelmäßigem Rhythmus die Masken an. Die Masken schienen sich zu bewegen. Eine Horde von Männern und Schreien, eine tote Frau, ein sterbender Mann, der sein Großvater gewesen war.

»Sie waren es, Tadeus, sie waren es«, hatte sein Vater am Vortag gerufen. Er hatte im Morgenmantel am Schreibtisch gesessen.

»Eine Rotte fanatisierter Menschen! Hier, Junge, hier!« Er hielt Tadeus einen Stapel Blätter entgegen. »Es ist nicht zu glauben. Das sind die Briefe von Eugen Fastmann, dem Maler der zweiten Expedition. Diese ekelhaften Verliese der Archive. Ein Kunststudent aus Hamburg schreibt über unbeachtete norddeutsche Maler, und weißt du, was er in einem Archiv bei Bremen findet? Die Briefe, die Fastmann aus dem Krieg an seine Geliebte geschrieben hat. Dieser Tölpel weiß gar nicht, worauf er da gestoßen ist. Er kopiert die Briefe und schickt sie mir, weil der Name Appum mehrmals erwähnt wird. Stell dir das vor!«

Und dann, atemlos: »Sie trugen Masken, Tadeus. Die eigenen Leute. Sie haben ihn umgebracht. Fastmann hat es gesehen.«

Assia legte ihre Hände in seine.

»Halt mich fest, Tadeus. Halt mich fest.«

Ja, ich halte dich fest. Und die Welt dreht sich um uns. Wir sind die Achse dieser Welt. Assia aus Mogador. Ich halte dich fest.

Wie klein und dünn sie war. Eng umschlungen gingen sie durchs Museum. Er preßte sie an sich, spürte ihren Körper hart werden, dann einen Arm, der sich aus seiner Umklammerung befreien wollte. Er ließ sie erst los, als sie im Bistro ankamen. Er wußte nicht, ob sie durch die Halle gegangen waren oder über die hintere Treppe. Sie setzten sich und er griff nach ihren Händen.

»Nicht so fest, Tadeus.«

Er erschrak und sah auf. Assia zog ihre Hände weg.

»Was machst du?« sagte sie. »Was!?«

Sie stand auf und ging.

Große Welt. Was hatte er getan. Er sah ihr hinterher. Einige Leute blickten ihn an. Den Schein wahren. Das konnte er. Das konnte keiner so gut wie er. Assia verschwand schnell durch die Tür. Er hätte hinterhergehen sollen. Hätte, hätte, hätte.

Am Abend traf er Katrin in der Küche. Er kannte jede ihrer Gesten, wie sie eine rote Strähne hinters Ohr strich oder die Hände in die Hüften stemmte. Wie paralysiert er gewesen war, als sie eines Tages vor ihm gestanden hatte. Er hatte sich sofort in sie verliebt. Wie viele Jahre war das her? Er hatte ihr Geschichten aus der großen Welt erzählt, und Katrin hatte ihn verstanden. Auch nach Ägypten.

Jetzt kochten sie gemeinsam. Als Tadeus wegen des Dunstes das Fenster öffnete, streifte sein Unterarm Katrins Brust.

Er entkorkte eine Flasche Bordeaux und polierte zwei Gläser. Katrin klatschte leise, als sie am Topf roch. Er dachte an Assia. An ihren Applaus, als er blind für sie durchs Museum gelaufen war. Aber auch an ihre Flucht. Er zog sich zum Essen das Jackett wieder über.

Katrin paffte eine Zigarette, ihr Haar lag ausgebreitet auf Tadeus' Oberkörper. Tadeus schloß die Augen. Die vollkommene Ruhe nach dem Sex. Die Pyramiden im Rücken, hinabgleiten in ein Tal der Abwesenheit.

Katrin setzte sich auf.

»Wer ist sie?«

Tadeus hörte sich lang ausatmen. Die Brust wurde ihm eng.

»Das geht jetzt seit Wochen so«, sagte Katrin. »Eine kleine Affäre hätte mich nicht interessiert, Tadeus. Aber du bist vollkommen abwesend. Und zwar auf andere Weise, als ich das von dir gewohnt bin. Ich spüre das. So etwas kannst du mit mir nicht machen. Dafür war es zu lange gut mit uns.« Tadeus sah aus dem Fenster. Assias Gesicht erschien auf der Scheibe.

»Mein Gott, ich hab auch schon mal den einen oder anderen Liebhaber«, sagte Katrin. »Früher hatten wir tollen Sex. Und jetzt? Glaubst du, das reicht mir? Wir haben all dem nicht genug entgegengesetzt. Ich will das auch nicht so. Aber ich war noch nie in einen der Männer verliebt. Bei dir sieht das anders aus. Also. Wer ist sie?«

»Ich hatte noch nie eine Affäre.«

»Ist mir egal. Jetzt hast du eine. Wer ist sie?«

»Kenne ich einen der Männer?«

»Sie sind unwichtig. Was ist mit dir?«

Die Frage einer nackten Frau, die vor dem Bett stand und sich das Haar im Nacken zusammenband. Katrin zog sich den Pyjama an und eine Strickjacke darüber. Sie nippte am Sekt.

»Wer ist sie?«

»Ich habe nie gemerkt, daß du Affären hattest.«

»Wundert mich nicht. In deiner Welt gibt es nur Papierfiguren. Wer ist sie?«

»Eine Marokkanerin.«

»Na prima. Lebt sie dort? Marokko bringt dich um. Liebst du sie?«

»Ich weiß nicht.«

»›Ich weiß nicht‹, das klingt immer so ein bißchen kompliziert, es ist aber hoffnungslos einfach: Ich liebe dich, Tadeus. Würde diese Frau dich so begleiten, wie ich das tue? Würde sie deine Geschichte begleiten? Deine Lügen, Tadeus? Würde sie auch deine Lügen decken?«

»Ich lüge nicht! Ich erzähle Geschichten, ich bin Wissenschaftler! Das ist etwas anderes.«

»Irgendwann wirst du vor die Wand rennen. Du bist geschickt genug, daß du in deinen Artikeln niemals vorgibst, an dem und dem Ort gewesen zu sein. Aber weißt du noch, als du in Bremen einen deiner Vorträge über Rohlfs gehalten hast? Da ist dir rausgerutscht, daß du seinen Spuren in Marokko gefolgt seiest. Du hast tatsächlich gesagt, du seiest in Essaouira gewesen. Das ist eine Lüge. Ich weiß das, Thomas weiß das, dein verehrter Vater weiß das. Und noch ein paar wenige Leute aus der Zeit deines Studiums. Zu denen du natürlich keinen Kontakt mehr hast. Das schützt dich. Glaubst du. Und wie soll man auch Freunde haben, wenn man so lebt wie du? Irgendwann gibt es Scherben. Das habe ich dir vor Jahren in Paris gesagt. Irgendwann wird deine ganze wunderbare Porzellanwelt in Scherben fallen!«

Tadeus lief ins Arbeitszimmer. Er riß einige seiner Bücher aus dem Regal. Zwei Einführungen in die Ethnologiegeschichte, die Biographie über Gerhard Rohlfs, das Buch über die Hamburger Auswanderer, die Malinowski-Monographie ... Er trug den Stapel durch den Flur, hinterließ eine Spur von Notizzetteln, die Rohlfs-Biographie klatschte auf die Dielen. Tadeus trat die Schlafzimmertür auf und schmiß die Bücher auf das Bett.

»Das sind keine Lügen!«

Katrin verschränkte die Arme vor der Brust.

»Super, Tadeus, wirklich super. Das ist aus unserem Leben geworden: Ein Bett voller Bücher. Wie bei deinem Vater.«

»Laß Vater aus dem Spiel.«

»Wie sollte das gehen? Der Appum-Clan ist nicht auseinanderdividierbar. Ich will jetzt wissen, ob du diese Frau liebst.«

Tadeus starrte Katrin an. Sie stand mit verschränkten Armen vor dem Kleiderschrank.

»Also gut. Für mich sind die Fronten hier völlig klar. Es liegt bei dir. Ich kann dir verzeihen. Meine Liebe ist nicht so kümmerlich, daß ich dir nicht verzeihen könnte. Aber wenn du mich nicht liebst, können wir nicht weitermachen. Scheiße, Tadeus. Dir paßt das alles nicht. Du willst Ruhe und Harmonie. Weil es in dir so chaotisch ist. Ja, chaotisch, da brauchst du gar nicht so zu gucken. Du bist ein zerstörter Mann. Ägypten – wie nennst du das immer? Land der Verdammnis? Schnickschnack! Weißt du eigentlich, wie genau ich mich an deinen Blick im dem Krankenbett erinnern kann? Weißt du, wie du damals geguckt hast? Das war die Hölle, Tadeus. Die Hölle. Du hast nie akzeptiert, was mit dir geschehen ist. Niemals. Vielleicht ist das gut so für dich. Aber für die Menschen um dich herum ist das eine Katastrophe. Und ich, mein Lieber, ich bin die, die mit dir in dieser Hölle lebt. Und es macht mir nichts aus.« Sie wischte sich mit dem Ärmel über die Augen.

»Vielleicht sind Thomas und ich nicht so eng miteinander, wie es Mutter und Sohn sein sollten. Aber glaubst du, wir sprechen nicht über dich? Glaubst du, wir merken nicht, was du in dir vergräbst? Die Männer Appum. Schitt. Angefangen mit deinem Vater, der niemals über den Tod seiner Frau hinweggekommen ist – nein, unterbrich mich jetzt nicht. Ich bin nicht verpflichtet, deinen Vater zu vergöttern, nur weil du es tust. Der alte Herr überträgt all die Liebe, die er von seinem Vater nicht bekommen konnte, auf dich. Und auf Thomas. Scheiß zweite Südsee-Expedition. Das ist alles hundert Jahre vorbei. Du weißt nicht, wer sie ist, Tadeus. Und du weißt nicht, wer du bist. Du bist nicht hier und nicht jetzt. Du bist immer woanders. Das ist nicht gut. Wenn du deine Familie aufgibst, gehst du unter. Deine Bücher und das Museum werden dich nicht retten.«

Sie zog die Strickjacke wieder aus. Sie legte sich ins Bett und verschränkte die Hände hinter dem Kopf.

»Wenn du dich nicht entscheidest, entscheide ich.«

Tadeus ging ins Arbeitszimmer. Er riß das Telefonbuch aus der Schreibtischschublade. Al Abbudi, AL Alster Leasing, Al Amily, Al Bassam, Al Bochi, A-L Bürofundamente, Al Dabagh. Keine Alachjan. Er rief bei der Auskunft an.

»Ist nicht eingetragen. Tut mir leid.«

Tadeus entzündete einige Kerzen, er steckte sich eine Zigarre an und drehte den Globus. Er tippte auf Marokko, braun neben dem Blau des Atlantiks, er tippte weiter Richtung Osten, durch die Sahara bis an die Ufer des Nils. Er nahm einen Filzstift und schrieb »Assia« auf die Weltkugel ...

... »Nicht gerade vorbildlich, wie Sie sich benommen haben«, sagte ich.

»Vorbildliches Benehmen in einer Liebesgeschichte? Mon ami. Ich hatte mich bis dahin immer darum bemüht, mein etwas absonderliches Leben vorbildlich zu leben. Das war ein Fehler.« …

… Am nächsten Tag rief er in der Sprachenschule an, von der Assia geredet hatte. Frau Alachjan habe eine Woche Urlaub, sie sei nach Marokko geflogen.

Nach Mogador?

Wohin?

Essaouira.

Ja, nach Essaouira.

Ob er ihre Handynummer oder ihre Adresse bekommen könne, er sei ein Bekannter und habe eine wichtige Nachricht für Frau Alachjan? Nein, könne er nicht, es würden grundsätzlich keine Telefonnummern und Adressen herausgegeben.

»Aber es ist sehr wichtig.«

»Tut mir leid, ich mache das grundsätzlich nicht. Ich kann Frau Alachjan aber gern eine Nachricht in ihr Fach legen. Was möchten Sie denn von ihr?«

»Das … das kann ich Ihnen nicht sagen.«

Tadeus klingelte bei seinem Vater und Thomas. Thomas öffnete, ein Kugelschreiber hing im Ausschnitt seines T-Shirts.

»Großvater ist nicht aus dem Arbeitszimmer rauszukriegen. Er liest ständig irgendwelche Briefe, immer wieder. Guck du mal nach ihm.«

Tadeus klopfte an die Tür zu dem Zimmer und trat ein.

»Wer stört?«

»Ich.«

»Ich hatte noch gar nicht auf dein Klopfen geantwortet, soweit ich mich erinnere, mein Sohn!«

»Ja, ja.«

»Alles in Ordnung?«

»Ja.«

Rauchschwaden hingen auf Brusthöhe im Raum, legten sich auf die Scheiben der Vitrinen und zogen durch die ausgebreiteten Schwingen des balinesischen Dämons. Tadeus' Vater saß im Morgenmantel mit gebeugtem Rücken am Schreibtisch. Im Aschenbecher wuchs ein Wald von Zigarettenstummeln. Tadeus öffnete ein Fenster.

»Weißt du, was ich befürchte?« fragte sein Vater. »Ich befürchte, daß sich niemand dafür interessieren wird. Ich selber war es, der in einem Aufsatz den Mißerfolg der zweiten Südsee-Expedition formulierte. Es gibt so gut wie keine Texte über diese Unternehmung. Und jetzt laß mich bitte allein, ich habe hier einiges vorzubereiten. Es wäre lieb, wenn du mir eine Kanne Kaffee machen könntest.«

Tadeus ging in die Küche.

»Sieht scheiße aus, der Alte, was«, sagte Thomas.

»Ja. Ja, er sieht wirklich schlecht aus. Er möchte Kaffee.«

»Ist schon fertig. Ich bringe ihn hinein.«

Thomas stellte die antike Kaffeekanne, eine dazugehörige Tasse und ein Milchkännchen auf ein Tablett.

»Soll ihm ja gefallen«, sagte er.

Tadeus hörte erregte Stimmen aus dem Zimmer. Thomas hatte rote Wangen, als er wiederkam.

»Humorlose Familie.«

»Das ist mir jetzt zu viel hier«, sagte Tadeus und ging in seine Wohnung. Katrin war nicht da. Im Schlafzimmer lagen noch die Bücher und Zeitschriften auf dem Bett, Katrin hatte sie auf Tadeus' Seite geschoben. Einige waren heruntergefallen. Katrins Bett war gemacht. Tadeus sah auf das Gerhard-Rohlfs-Buch auf dem Boden im Flur. Rohlfs, 1831 bis 96, schwarz-weiß, mit Turban und Krummsäbel, blickte an die Flurdecke. Der englische Konsul in Tanger, Sir Drummond Hay, hatte ihm geraten, sich einen einheimischen Namen zuzulegen, wollte er seine Reise durch Marokko überleben. Rohlfs nannte sich Pilger Mustafa. Hätte Rohlfs Vater seinen Sohn auf diesem Bild erkannt?

Tadeus schmiß das Buch auf Katrins Bett ...

... »Ich war jetzt in allen Hotels und Pensionen. In allen Restaurants. In allen Galerien.«

Er erhob sich halb von der Bank, raffte die Djellabah hoch und zog das Foto aus der Gesäßtasche seiner Hose. Es war verknickt, die Ränder waren stumpf und eingerissen. Er sah Assia an. Dann schob er das Foto auf den Tisch, wo es neben meinem Teller mit den Gräten liegenblieb. Ich drehte Assias Gesicht in meine Richtung.

Zwei Frauen mit langem, blondem Haar kamen über den Platz. Alle Männer sahen ihnen hinterher. Die Frauen trugen Miniröcke und Stöckelschuhe, sie waren groß und schlank und lachten. Ihnen folgte ein Marokkaner, der einen Karren mit Koffern vor sich herschob.

»Hamburg«, sagte ich. »Werbebranche. Sie kommen immer für einen Monat. Sie lassen sich von den marokkanischen Farben inspirieren, sagen sie. Sehen aus wie Geschwister, sind es aber nicht. Ich halte sie für ziemlich arrogant.

Die beiden haben in Hamburg eine Kampagne für ein Parfüm gemacht und dabei gnadenlos die Gnaouakunst kopiert. Die flirten hier wie wild rum. Eine von ihnen ist mal in Wickelrock und Bikinioberteil durch die Stadt gegangen. Möchte nicht wissen, wer hier alles in die Palmen gewichst hat.«

»Haben Sie auch schon mal über Menschen geschrieben, die Ihnen sympathisch waren?«

»Ja. Über einen ehemaligen deutschen Fremdenlegionär, der seine Rente hier durchbrachte. Er hat sämtlichen Bettlern Geld zugesteckt. Der Kerl hatte zwar ein Scheiß-Leben gelebt, aber was er am Ende daraus gemacht hat, hat mich irgendwie beeindruckt. Auch wenn es zu spät war. Ich hab ihn tagelang verfolgt. Er irrte durch die Gassen, er trug einen Turban und eine Djellabah. Er hat sein Geld wirklich haufenweise verteilt. Ganze Heerscharen von Bettlern und Kindern waren hinter ihm her. Er sah glücklich aus, obwohl er, sobald er sein Appartement verließ, kaum noch einen Schritt alleine machen konnte. Er hat sich in seinem Appartement erhängt.«

Appum schüttelte den Kopf. Er ballte die Fäuste.

»Und, wann ist Assia zurückgekommen? In dieser Schule sagte man Ihnen, sie sei nach Essaouira geflogen.«

»Genau eine Woche später ...«

»Und was hat sie in dieser einen Woche gemacht? Hier in Essaouira? In dieser wunderbaren, seltsamen Stadt?«

Appum starrte mich an und strich sich den Bart. Ich war unachtsam gewesen.

»Sie rief mich an«, sagte er. »Sie rief mich aus Mogador an. Sie sagte mir, wann sie kommen würde. Sie sagte, wir müßten reden. Sie klang gut. Ob ich Lust hätte, sie abzuholen?« ...

... Die Milchglastüren zu den Gepäckbändern und zur Zollabfertigung standen offen. Rechts davon befand sich der Wolford-Laden: feinste Damenunterwäsche, links Blumen Seyderholm. Geschickt plaziert, dachte Tadeus. Hier unten war er nie gewesen. Ankömmlinge hatten ihn nie interessiert.

Er konnte Assia sehen, als sie auf ihrem Weg zum Gepäckband den Türausschnitt passierte. Sie winkte ihm. Sie war noch dunkler als sonst. Sie hatte das Haar zu einer schwarz-glänzenden Haube zurückgebunden. Dann sah Tadeus Assia nicht mehr. Er stand in einer Gruppe Wartender und schaute immer wieder durch den Türausschnitt. Er hörte die seltsame Sprache, die entstand, wenn Dutzende Menschen durcheinanderreden. Neben Tadeus stand ein Mann und las in der ›Bild‹-Zeitung einen Artikel über neue Zuwanderungszahlen. Eine Frau mit schöner langer Nase stellte sich auf die Zehenspitzen, um nach jemandem hinter den Türen zu spähen. Tadeus ging zum Caviar House links vom Blumengeschäft und bestellte zwei Glas Champagner. Er zündete sich eine Zigarre an und beobachtete, wie die Frau mit der schönen Nase jetzt einen Schwarzafrikaner umarmte. Assia trat aus der Tür. Ihr Hals war gespannt. Er starrte sie an. Assia, klein in einer Menge von Köpfen und Armen, blickte sich in alle Richtungen um. Als immer mehr Reisende durch die Tür kamen und die Menge die Sicht auf ihn verdeckte, stieß Tadeus eine Rauchwolke aus. Indianische Rauchzeichen, eine genial einfache Art der Nachrichtenübermittlung. Er lachte, als er Assia auf sich zukommen sah. Sie trug ihre Reisetasche über der rechten Schulter. Tadeus nahm ihr die Tasche ab. Er berührte ihren bloßen Oberarm, sie tippte mit den Fingerspitzen auf seine Hand und küßte ihn mit spitzen Lippen, zog dann rasch den Kopf zurück.

»Nahibuk«, sagte er.

»Deine Übersetzung für: Ich liebe dich? Das wird in der arabischen Welt selten gesagt.«

»Ich bin nicht in der arabischen Welt.«

»Und du weißt nicht, wer ich bin«, sagte Assia. »Du weißt nicht, was ich in der letzten Woche getan habe.«

»Ich weiß auch nicht viel von der Welt. Trotzdem liebe ich sie.«

»Du? Du weißt nicht viel von der Welt?«

»Reiseuntauglich. Seit meiner Jugend. Kala-Azar. Mein Herz gleicht einem Sieb. Alles, worüber ich arbeite und schreibe, kommt aus zweiter Hand. Ich bin ein Betrüger, wenn du so willst. Ich liebe dich.«

Assia kniff die Augen zusammen. Ihr Gesicht schien für Sekunden kleiner zu werden. Tadeus kippte den Champagner und hüllte sich in Zigarrenrauch. Er stellte das Glas auf den Tresen, es zerbrach in seiner Hand. Er legte seine Hand auf die Scherben, bis der Kellner ihm auf den Unterarm tippte und mit einem Lappen wedelte.

»Reiseuntauglich?«

»Es war im Sudan. Dort habe ich mich infiziert; in Ägypten ist die Kalar-Azar ausgebrochen. Eine degenierte Form. Seither habe ich striktes Verbot, je wieder ... Nicht ideal für einen Ethnologen, weißt du. Ich wollte einer der vorzüglichsten Ethnologen werden.«

»Und was bist du geworden?«

»Das sollen andere beurteilen. Meine Bücher und Artikel erfreuen sich großer Beliebtheit. Einige Kollegen sagen, durch meine Arbeit sei das Museum populärer geworden als je zuvor. Es gibt eine Fernsehserie mit Beiträgen von mir, eine ganze Reihe von Monographien, Einführungen in die Ethnologie. Lauter Standardwerke. Komm, ich zeig sie dir.«

Er streckte ihr die Hand entgegen. »Du warst in Mogador?«

»Ja.«

»Aber du willst nicht darüber reden?«

»So ist es.

»Warum bist du gegangen?«

»Das weißt du.«

Sie nahm seine Hand. Er umfaßte ihre nur leicht. »Schon besser«, sagte sie.

Im Auto sah Tadeus immer wieder zu Assia hinüber. Assia blickte aus dem Fenster. Er legte seine Hand auf ihren Oberschenkel. Assia reagierte nicht. Er zog die Hand wieder weg.

»Meine Frau ist ausgezogen«, sagte er. »Ich hatte frühmorgens die Wohnung verlassen und war erst spät in der Nacht wiedergekommen. Die Wohnung war leer. In der Küche hat Katrin mir einen Topf und eine Pfanne gelassen. In meinem Arbeitszimmer fehlt natürlich nicht ein Stück. Ich hätte sie umgebracht.«

»Du bist kein Mann der Gewalt.«

»Jeder Mann ist gewalttätig.«

Tadeus stoppte an einer roten Ampel. Assia sah einem Schwarzafrikaner in zerrissener Jeans hinterher, der einen Sack auf der Schulter trug und ihn vor eine Betonmischmaschine warf. Die Ampel schaltete um. Eine Hupe ertönte.

»Da will jemand, daß wir weiterfahren«, sagte Assia.

»Was hast du in Mogador gemacht?«

»In Mogador? In ...«

Was Assia dann noch sagte, verstand Tadeus nicht: die Hupe ertönte wieder, laut und langanhaltend, und gleichzeitig stürmte ein Flugzeug den Himmel. Tadeus sah, wie Assias Lippen sich bewegten, sah die graue Häuserfront als Hintergrund zu Assias Profil. Die Ampel schaltete auf Rot. Die Hupe verstummte.

Hand in Hand ging er mit Assia durch die Eingangshalle und lächelte den Frauen an Kasse und Garderobe zu. Er legte Assia einen Arm um die Schultern, als sie das Bistro durchquerten. Sie gingen durch die Tür links vom Bistro auf den Flur mit den ausrangierten Möbeln und betraten die Bibliothek. Tadeus stellte Assia die dreistufige Leiter vor das Regal mit den Zettelkästen und sagte ihr, sie solle hinaufsteigen.

»Appum, Hans Theodor, Fritz Christian, Tadeus F.«

Assia stieg auf die Leiter und zog den Kasten aus der Wand. Tadeus stand hinter ihr, das Gesicht auf der Höhe ihrer Hüften.

Er hörte, wie sie mit den Fingerspitzen die Kärtchen nach vorn klappte.

»Du hast einen Globus im Kopf. Al Qurra al Ardiyia. Das ist sehr schön, Tadeus.«

»Laß mich vorgehen«, sagte sie. Sie standen vor der Wohnungstür.

Er hörte Assias Schritte auf den Holzdielen.

»Du hast ja nicht einmal mehr ein Bett.«

Er schloß die Tür. Abgesetzte Rechtecke an den Wänden und Schrammen auf den Dielen. Es zog, weil alle Fenster geöffnet waren. Seit Tagen ließ Tadeus den alten Geruch aus der Wohnung wehen.

Assia ging flink ins Wohnzimmer. Dort stand ein Küchenstuhl am Fenster, daneben lagen Bücher. Assia kam wieder heraus, einer ihrer Absätze schrammte über die Dielen, und sie eilte ins Schlafzimmer, wo eine Luftmatratze lag, daneben seine Kleider. Der Tropenanzug hing innen an der Tür. Würde sie ihn sehen? Assia stürmte weiter von Tür zu Tür. Sie sah glücklich aus, während sie Türen aufstieß, von denen sie nicht wußte, was sich hinter ihnen befinden würde.

Sie ging ins Bad und ließ die Tür offen, und er hörte den Strahl ihres Urins auf die Wasseroberfläche aufschlagen. Tadeus spähte durch den Türspalt. Assia kratzte sich am Hinterkopf und summte. Tadeus sah das obere Ende des schwarzen Dreiecks zwischen ihren Beinen. Es berührte ihn seltsam, diese Frau urinieren zu sehen.

Er ging in die Küche, nahm eine Flasche Weißwein und zwei Forellen aus dem Kühlschrank und begann, ein Essen zuzubereiten.

Sie trugen Stühle und einen Klapptisch auf den Balkon.

»Wie die Nomaden«, sagte Assia. »Mit leichtem Gepäck zu reisen ist immer noch das Klügste.«

Sie stieß mit dem Knie an den Tisch. Die beiden Weingläser zerklirrten am Boden.

»Waren meine einzigen«, sagte Tadeus.

»Gut. Trinken wir aus der Flasche.«

»Du zuerst.«

Er sah ihr zu, wie sie die Flasche schräg an die Lippen führte, wie ihre Lippen sie umschlossen und der Wein in ihren Mund gluckste. Die Farbe des Flaschenhalses veränderte sich, aus durchscheinendem Grün wurde ein sich bewegendes Bernstein mit Sonne darin. Es sprudelte, als sie die Flasche absetzte.

»Noch nie ist mir ein Mann so lange hinterhergelaufen wie du. Du machst das gut. Du bist ein außergewöhnlicher Mann.«

»Ich bin dir nicht hinterhergelaufen.«

»Doch, wie ein Schuljunge. Großäugig und sehr verlegen. Ganz wunderbar, Tadeus F. Appum.«

»Wo wohnst du?«

»Es reicht, wenn ich weiß, wo du zu finden bist.«

Sie zog sich nicht aus. Sie legte sich vollbekleidet neben ihn auf die Luftmatratze.

»Weißt du«, sagte er, »daß das Wort Matratze aus dem Arabischen kommt? Matrah. Das ist die Stelle, wo etwas hingeworfen wird, auf das man sich legen möchte.«

»Schön«, sagte Assia. »Schenkst du mir wieder Anekdoten?«

Sie war nach wenigen Minuten eingeschlafen. Tadeus rückte die Kerze näher an die Schlafstätte. Er betrachtete Assia, stand auf, ging um die Luftmatratze herum und sah von allen Seiten auf die reglose Figur. Mit Daumen und Zeigefinger beider Hände formte er einen Rahmen. Je mehr er sich Assias Kopf näherte, desto weiter wuchs ihr Haar über den Rahmen hinaus.

Sie ist zu mir gekommen. Zu mir. Zu mir. Er zog sich aus und legte sich neben Assia ...

... »Sie waren ein Paar?«

»Nein, noch nicht«, sagte Appum. »Ein Paar ist man erst, wenn man miteinander geschlafen hat.«

Mit einem Schluck Wasser spülte ich ein Räuspern aus meinem Hals. Dieses »Ein Paar ist man erst, wenn ...« klang aus

Appums grotesker Welt wie der plumpeste Männerspruch. Ich brachte diese Formulierung nicht in Einklang mit dem Mann, der bei mir saß. Ich war mir sicher, daß Appum einen solchen Satz noch vor einem Jahr nicht ausgesprochen hätte.

»Eine Frau erobert hat man in dem Augenblick, in dem man ihre Brüste küßt«, sagte er.

»Herrgott. Das klingt nach Reeperbahn, nicht nach Ihnen.«

»Aber es stimmt. Die Eroberung ist damit abgeschlossen. Der Geschlechtsakt ist dabei nicht ausschlaggebend. Die Brüste sind es. Aber ein Paar ist man erst nach der Vereinigung.«

»Finden Sie, ja? Und Sie und diese Assia sind dann auch ein Paar geworden?«

»Ja, das sind wir. Im Maskensaal des Museums für Völkerkunde in Hamburg ...«

»Rothenbaumchaussee, ich weiß.«

»Was ist los, mon ami?«

»Lassen Sie uns ein Stück gehen.«

Wir gingen zur Promenade und von dort auf den Strand hinaus. Appum humpelte kaum noch. Er starrte nach dem Felsen am Ende der Bucht, Appums Djellabah flatterte im Wind. Je näher wir dem Felsen kamen, desto mehr erschien der wie ein Bauwerk. Die Sonne ließ Milliarden Wasserteilchen gelblich strahlen und zu einem Nebel um den braungrauen Klotz werden.

»Sind Sie dieser Frau jemals wirklich nahegekommen? Ich finde, Sie reden über sie wie über ... über etwas Theoretisches.«

»Unsinn. Sie scheinen mir ein wenig mißgelaunt heute.«

Mit jedem Schritt veränderte sich die Gestalt des Felsens. Mal war er eine bezinnte, schräg umgesackte Burg, ein dickwandiger Klotz, dessen Umrisse von der Sonne geschliffen wurden, dann wurde er zu schroffem Stein, seltsamen Naturereignissen entsprungen.

»Ich bin mir so ganz allmählich nicht mehr sicher, daß Sie sie hier finden werden. –«

»Sie ist hier. Und wenn sie nicht hier ist ...« Er zögerte. »In Marokko beginnt die Wüste.«

Wir zogen die Schuhe aus und passierten eine flache Furt, wo sich das Meer eine Bahn ins Landesinnere geschlagen hatte. Der Fels sah aus wie das versteinerte Heck einer gekenterten Galeone. Jahrhundertealtes Holz, das, einer Metamorphose der Materialien entsprungen, zu Stein geworden war.

»Sie hat Sie verlassen, Appum. Warum akzeptieren Sie das nicht?«

»Warum sollte ich?«

»Herrgott.«

Wir hatten die Furt durchquert und gingen barfuß weiter. Es war unsäglich heiß.

Wir waren jetzt nahe genug an dem Felsen, um zu erkennen, daß es ein gebrochener Wehrturm war, der in der Mitte auseinanderklaffte, als hätte ein überdimensionaler Keil ihn gespalten.

»Schöner alter Stein«, sagte Appum. »Wenn man nicht wüßte, daß es ein Wehrturm war, hätte man auf dem Weg hierher denken können, er nehme verschiedenartige Gestalten an.«

»Sie wußten von dem Turm?«

»Aber ja.«

Er zog die Schuhe wieder an und begann, auf den rechten Teil des Turms zu klettern. Mühsam zog er sich hoch, suchte nach Halt für die Füße und war schon nach wenigen Sekunden außer Atem. Jetzt war seine Schwäche wieder deutlich sichtbar. Seine Hände tasteten nach Halt auf hellgrünem Moos, der Stein war ockergelb, der Himmel hellblau. Ich ging um den Turm herum und kletterte von der anderen Seite hinauf. Ich war schnell oben und sah auf Appum hinunter. Er hatte sich einen Weg zum Spalt gesucht und kletterte von dort aus weiter. Unter ihm sah ich muschelscharf besetzten Stein. Ich stemmte die Hände in die Hüften. Ich sah auf Appums blonden Schädel. Ich sah auf die Spitzen meiner Schuhe. Ich hörte Appum stöhnen. Er war jetzt nur noch einen Meter unter mir. Ich sah über die Weite des Strandes zur Stadt. Wir waren allein hier. Appums Kopf auf der Höhe meiner Füße. Ich trat einen Schritt zurück. Er dürfte gar nicht hier sein, hatte er gesagt. Er sah mir ins Gesicht. Seine Hände umfaßten einen Steinvorsprung. Er stemmte sich hoch, das ganze Gewicht auf die Hände gestützt. Ich trat vor. Ich ging auf ihn zu. Ich war ganz dicht bei ihm. Er blinzelte in die Sonne, sah von mir wahrscheinlich nur noch eine halbaufgelöste, strahlende Silhouette.

Ich reichte ihm die Hand und half ihm hoch. Als er ganz dicht vor mir stand, starrte er mir in die Augen, wie er es am Tag unseres ersten Zusammentreffens im Essalam getan hatte. Dann drehte er mir den Rücken zu und stand vor dem dunklen Spalt.

»Schöne Aussicht«, sagte er.

Ich setzte mich und sah seinen Rücken an. »Ja«, sagte ich, »schöne Aussichten!«

Appum holte eine Weinflasche unter seiner Djellabah hervor, dazu ein Taschenmesser mit Korkenzieher. Dieser Mann trug zwei Messer bei sich. Ich hatte genau gesehen, daß das Messer, das in jener Nacht aufgeblitzt war, als die jungen Männer durch das Stadttor auf Appum zugegangen waren, ein Sprungmesser war. Es konnte nicht dieses Taschenmesser gewesen sein. Appum ließ sich auf den Stein sinken.

»Wir haben nicht allzuviel Zeit«, sagte ich. »Wenn die Flut kommt, wird der Turm abgeschnitten.«

Appum zuckte die Achseln und entkorkte die Flasche.

»Ich habe so wenig Zeit, daß ich wirklich viel Zeit habe.«

»Mann, Ihre Sinnsprüche gehen mir manchmal wirklich auf die Nerven.«

»Hier, trinken Sie etwas.«

Der Demillant war warm geworden. Ich verzog das Gesicht, nachdem ich einen großen Schluck durch den Hals hatte laufen lassen.

»Wir müssen los«, sagte ich.

»Dann gehen Sie. Ich bleibe hier. Ich hab noch eine Flasche Wasser dabei und etwas Obst. Ich bleibe hier.«

»Sie sind doch ein komischer Vogel.« Ich schaute auf die Armbanduhr. Meine Verlobte saß jetzt im Bus von Marrakesch zurück nach Essaouira. Wahrscheinlich hatte sie einen Skizzenblock auf den Knien und zeichnete die vorbeieilende Landschaft. Ich freute mich auf Lydia. Ich war verärgert. Ich wollte sie umarmen. Ich wollte sie ohrfeigen.

»Ein paar Stunden hier oben alleine sein – das stelle ich mir sehr schön vor. Ich bleibe hier. Treffen wir uns heute abend im Les Alizées?«

»Ja. Bis dahin, Appum.«

»Mon ami.«

Ich kletterte von dem Felsen hinunter. Das Meer näherte sich und umspülte die dem Wasser zugewandte Seite des Turms. Ein Krebs verschwand in einer Spalte, die zu flach für den Panzer wirkte. Während ich auf die Stadt zuging, sah ich mich nach dem Wehrturm um. Beim ersten Mal winkte Appum, er stand auf einer der Zinnen, eine Hand zum Gruß erhoben, in der anderen Hand die Flasche. Eine zweite, kleine Sonne war in die Flasche gesperrt und leuchtete aus ihr heraus. Beim nächsten Blick über die Schulter war Appum verschwunden. Entweder war er ein Stück hinuntergeklettert, oder er hatte sich hingelegt.

Ich ging zur Haltestelle vor der Bab Doukkala und wartete auf den Bus aus Marrakesch. Mein Herz trommelte so wild und heftig, daß ich außer Atem geriet, es klopfte, wie das von Appum klopfen mußte, sein krankes Herz.

Appum lag in der Mitte des Bettes und hatte sich zwei Kissen unter den Kopf gelegt. Er sah aus dem Fenster auf den Atlantik. Nachdem er nicht im Les Alizées erschienen war, war ich am nächsten Mittag zu seinem Appartement hinaufgegangen. Ich saß auf der wackligen Balustrade des Fensters, den Rücken zu der Gasse unter mir. Das Schellen, Trommeln und Flöten einiger Gnaoua-Musiker drang zu uns herauf. Ich sah die drei unten entlanggehen, zwei erwachsene Männer und ein Junge. Einer der Männer schlug mit flachen Händen die Trommel, der andere ließ seine Finger spinnenbeinartig auf den Flötenlöchern umherlaufen. Der Junge trug eine Kappe, auf deren Spitze eine bunte Kordel befestigt war. Die Kordel schlang sich um eine metallene Schelle. Unaufhörlich schwang der Junge den Kopf, bog den Nacken und zuckte mit den Schultern. Seine Bewegungen wirkten krampfartig. Die hellen Töne der Schelle aber, die er klingen ließ, fielen exakt in den Rhythmus aus Flöte und Trommel.

»Die heilbringende Musik der Gnaoua«, sagte Appum. »Würden Sie mir noch einen Tee eingießen?« Ich ging in die Küche. Vier Kakerlaken krabbelten durch den Spalt unter der Badezimmertür. Das Aktbild von Assia lag umgedreht auf dem Tisch. Das Obst in der Silberschale war zu einer grauen Masse mit nässenden Flecken und Rissen geworden. Ich goß ihm Tee ein und brachte ihn Appum.

»Ich erzählte Assia natürlich auch von Ethnologen der Gegenwart. Sie sollte mich nicht für einen Historiker halten.« …

… »Barley brachte in seiner Hütte eine Landkarte an, die die Dowayos zutiefst beeindruckte«, sagte Tadeus. Assia lehnte an der Wand am Boden des leeren Wohnzimmers.

»Er konnte ihnen nun erklären, wo welches andere Dowayo-Dorf lag. Und dann fragten die Dowayos, welche Leute dort lebten. Daß er das nicht wußte, war für sie unbegreiflich. Warum er ein Dorf kenne, wenn er die Leute dort nicht kenne. Wenn er sie noch nie gesehen habe.«

»Vernünftig«, sagte Assia.

»Man sagt, die Dowayos werden mit acht Jahren sexuell aktiv«, sagte er. Assia legte die Hände auf die Schenkel und neigte den Kopf zur Seite.

»Barley ist eigentlich zufällig nach Kamerun geraten. Er wollte an zwei andere Ziele, ich weiß nicht mehr, welche, aber an beiden Orten herrschte Krieg. Den Pilger hätte das nicht abgehalten. Mich auch nicht!«

»Hätte?«

»Hätte.«

»Und was haben wir nun von der Erkenntnis über die Dowayos?«

»Wie? Was haben wir davon? Die Ethnologie ist die Königin der Wissenschaften.«

»Selbsterkenntnis. Ich-Erkenntnis. Warum schreibst du nicht über Deutsche? Über die Fremdheit des Nachbarn? Darüber, daß Deutsche Angst haben vor fremden Kulturen, darüber, daß überall in Hamburg fremdenfeindliche Parolen in U-Bahnen und auf Bauzäune geschmiert werden? Ich bin Marokkanerin, eine marokkanische Frau in Deutschland. Rassig. Schlank. Höchstwahrscheinlich anal orientiert. Fickificki. Wenn ein Deutscher mit einer Schwarzen zusammen ist, reden die Männer über diese Schwarze. Die kriegen den Hals ja angeblich nicht voll, die ficken und blasen den ganzen Tag. Und wenn ein Deutscher mit einer Thai zusammen ist, dann reden die Frauen über diese Frau. Das kann ja nur eine Ex-Nutte aus Bangkok sein. Als wenn es in Thailand nur Nutten gäbe.«

Sie stand auf und trat ans Fenster.

»Deutschland«, sagte sie. »Nationalitäten.«

»Welches Land ist dein Land, Assia?«

»Ich. Ich bin mein Land.« ...

... Appum hatte sich bis zum Hals zugedeckt. Seit er den Tee getrunken hatte, hatte er sich nicht mehr bewegt.

»Sie sehen ziemlich mies aus.«

»Oh, danke für das Kompliment. Sie machen allerdings in letzter Zeit auch einen etwas unaufgeräumten Eindruck. Mon ami, bedrückt Sie etwas? Probleme mit der Galerie?«

»Nein, die läuft wie geschmiert. Ist fast ein Selbstläufer. Ich kaufe billig ein und verkaufe teuer.«

»Wieso betreiben Sie hier eine Galerie? Die Einheimischen könnten das tun.«

»Es gibt von Marokkanern geführte Galerien. In den letzten Jahren sind es immer mehr geworden. Als ich hier ankam, war das noch nicht so. Damgard war damals hier. Ich war überhaupt erst durch eine Damgard-Ausstellung auf Essaouira und die hiesigen Künstler aufmerksam geworden. Nachdem ich in Deutschland einige Jahre in verschiedenen Galerien in Köln, Düsseldorf und Berlin gearbeitet habe, bin ich hierher. Ich wollte weg aus Deutschland.«

»Wieso?«

»Wieso verläßt man Deutschland? Ich ... Ich dachte immer, andere Länder sind größer. Ich wollte immer weg. Es war eher ein Gefühl als ein rationaler Beweggrund. Ich wollte meine Wurzeln verpflanzen. Ein Gefühl. Schwer zu verstehen, wahrscheinlich.«

»Nein. Ich verstehe schon.« Er sah an die Zimmerdecke.

»Probleme mit der Verlobten?« fragte er.

»Ein wenig.«

Appum lachte. Er stöhnte.

»Die Frauen«, sagte er, »die ... eine ... Frau ... Assia hat mal gesagt:« ...

... »Amors Pfeil trifft Männer meistens in den Schwanz, oft in den Kopf, aber viel zu selten ins Herz.«

Sie sah Tadeus ins Gesicht. Er lehnte nackt an der polierten, etwa einen Meter hohen Abgrenzung vor den Südseemasken. Es war dunkel im Maskensaal, die eingelassenen Scheinwerfer brummten und bestrahlten schwach die Masken. Ein Seidenhöschen hing auf dem Kopf der Doppelmaske von der Gazelle Halbinsel. Er sah einen Schimmer von Licht, der sich auf Assias nackter Schulter bog und auf der Außenseite ihrer linken Brust und ihrem Kieferknochen ...

... »Das hat sie gesagt? Amors Pfeil trifft Männer meistens ...?«

»Was meinen Sie, hat sie recht damit?« fragte Appum.

Er blinzelte, weil hinter mir die Sonne war.

»Wenn Sie Ihr Buch über mich machen, sollten Sie unbedingt eine Frau in unsere Treffen hineinschreiben. Uns fehlt hier eine Frau.«

»Das wird sich ändern«, murmelte ich.

»Was haben Sie gesagt?«

»Daß ich mir darüber Gedanken machen werde. Wie ging es weiter mit Assia und Ihnen?«

»Gut. Erst mal.«

Appum verschränkte unter der Decke die Arme vor der Brust. Ich war unachtsam geworden. Appum war zu aufmerksam, um nicht mißtrauisch zu werden. Ich sah ihn an, sein durch die Decke vom Körper separiertes Gesicht mit der Augenklappe und den rosaroten Schrammen, die allesamt ihre Krusten abgestoßen hatten.

»Nichts ist das, was es zu sein scheint«, sagte er. »Verzeihen Sie, ich weiß, daß Ihnen meine – wie sagten Sie? Sinnsprüche? – nun, ich weiß, daß Sie das ärgert. Aber ich meine, was sehen wir schon? Mein Vater hätte gesagt, wenn wir genau genug beobachten, dann sehen wir alles. Aber … Assia. Assia ist ein einziges Fragezeichen. Sehen wir die Frau, die wir lieben, überhaupt jemals objektiv? Sollten wir sie objektiv sehen? Was hat mein Großvater gesehen in jener Frau? Warum bin ich hier? Warum? Ich? Niemand würde mir das alles glauben!« …

… Er schlug die Decke zurück. Aus der Küche drang der Duft von Kaffee. Er hatte Assia einen Wohnungsschlüssel gegeben. Sie war spät in der Nacht gekommen und früh aufgestanden. Tadeus sah die Fremde am Herd an. Gedankenversunken wendete sie mit einer Gabel Zwiebeln in der Pfanne und schlug vier Eier dazu. Je länger er im Türrahmen stand und Assia ansah, desto größer wurde die Küche. Assia schwebte immer weiter weg.

»Erzähl mir etwas über dich«, sagte sie.

»Über mich?«

»Ja. Was ist daran so ungewöhnlich?«

»Ich weiß nicht. Ich … ich rede nicht gern über mich.«

»Warum?«

»Vielleicht, weil es keine Fragen gibt?«

»Das ist eine Lüge. Bei dir ist es das ganz sicher.«

»Gehst du heute nacht mit mir ins Museum?«

Assia sah ihn an.

»Ja, warum nicht.«

Sie setzten sich an den Klapptisch. Assia schob Tadeus die Zeitung hinüber.

»Lies mal. Da wollte eine deutsche Familie mit dem Auto durch die Wüste in Tunesien. Sie sind alle vier verdurstet. Gefunden wurden sie von einer Karawane.«

Tadeus sah das Foto an. Der Fotograf hatte mehrere Meter Abstand zu der Leiche des Vaters gehalten. Er war um den toten Mann herumgegangen, hatte sich hingehockt und aus flachem Winkel den Leichnam fotografiert. Die Wüste hatte den Mann gekreuzigt. Das Auto war verschwommen und grau im Hintergrund zu erkennen, nur schwach sah man den hängenden Kopf der Frau, das fallende Haar metallschwer vom eingewehten Sand.

»Diese Wahnsinnigen«, sagte Assia. »Man kann nicht einfach so durch die Wüste. Kein Beduine würde jemals unvorbereitet die Wüste betreten, selbst dann nicht, wenn er nur einen Weg von wenigen Kilometern zu bewältigen hätte. Ich bin in zwei, drei Stunden mit einer Überraschung für dich wieder hier.«

Tadeus hörte ihre Absätze auf dem langen Flur.

Mit der U-Bahn fuhr er zu der Galerie in Altona, von der Assia erzählt hatte. Im Fenster hing der überdimensionale Kopf einer Ziege vor orangerotem Hintergrund. Die schwarzen, nässenden Augen an den Seiten des Ziegenkopfes berührten fast den Rand der Leinwand. Sie starrte Tadeus an. Der Nil roch bitter.

Die Signatur unten rechts war nicht zu entziffern, sie bestand aus unlesbaren Hieroglyphen.

Tadeus betrat die Galerie. Der Mann hinter dem Schreibtisch sah auf und grüßte.

Die Kaaba von Mekka, hingespachtelt in die unbehandelte Landschaft der Leinwand. Das World Trade Center, die Pyramiden, verschlankt und hochschießend wie Raketen, harte Schatten in der Wüste. Arabische Bazare, auf denen sich Tische unter der Last unendlicher Teppiche durchbogen, Gewürzschalen, schwerer als Eisen, die in den Boden sanken.

»Man könnte sagen, daß da einiges los ist«, sagte der Mann hinter dem Schreibtisch. »Zuerst merkt man es gar nicht richtig, aber die Gewürzschalen sinken tatsächlich in den Boden. Die größte Pyramide wirft den kleinsten Schatten. Sind von einer Marokkanerin.«

»Kennen Sie die Frau?«

»Assia Alachjan. Zur Vernissage wollte ich natürlich eine

kleine Biographie liefern, aber Frau Alachjan war nicht bereit, von sich zu erzählen. Sie ist etwa Mitte Dreißig und in Essaouira geboren. Das ist so ziemlich alles, was ich von ihr weiß.«

»Verstehe.«

»Ich reagier spontan auf Bilder«, sagte der Mann. »Die Mappe von Alachjan hat mir gut gefallen wegen der Intensität und des kräftigen Farbauftrags. Das war eigentlich erst einmal alles: diese Energie. Aber wirklich nähergekommen bin ich den Bildern letztlich nur dadurch, daß ich jeden Tag hier rumsitze und sie mir anseh. Für mich sind das Bilder, die Stationen eines Lebens zeigen, symbolisiert durch so etwas Banales wie einen Ziegenkopf. Es sind die Bilder eines Menschen, der sucht, der unterwegs ist. Hier will jemand ankommen und zugleich immer weiter. Die Motive werden immer weniger erkennbar, als seien Fortbewegung und Reise selbst das Ziel. Die Motive, eigentlich klassisch und fast klischeehaft, werden verschlüsselt. Ich denk, Alachjan ist ein nomadenhafter Geist, höchst unmodern, sehr eigenwillig und voller Wut.«

»Wut?«

»Ja, eine wütende marokkanische Frau in Deutschland.«

»Kann man sie sprechen?«

»Frau Alachjan hat kein Telefon. Und auf ihren Wunsch geben wir ihre Adresse natürlich nicht bekannt.«

»Wissen Sie, als ich vor zwei Jahren in Mekka war – ich bin Ethnologe –, habe ich Dutzende von Fotos von diesem Stein da gemacht, aber keines ist so gut wie dieses Gemälde. Kommt Frau Alachjan oft hierher?«

»Nein. Seit der Vernissage hab ich sie nicht mehr gesehen. Eine ziemlich schöne Frau. Sehr klein und zierlich, irgendwie traut man ihr solche kraftvollen Bilder gar nicht zu. Aber ein Foto von ihr durfte ich nicht aushängen. Schade.«

»Was denken Sie, war Frau Alachjan an all diesen Orten?«

»Ich denk schon. Sie hat viel gesehen!«

Tadeus fuhr nach Hause. Im Fenster des U-Bahnwagens sah er sein Gesicht. Ihm gegenüber eine weitaufgeschlagene ›Bild‹-Zeitung: Vor Urlauben in islamischen Ländern wurde ausdrücklich gewarnt. Erlebnisbericht auf Seite drei. Ein Vater: ›Wir machen nur noch Urlaub in Deutschland.‹

Tadeus betrat die ausgeräumte Wohnung. Er stellte einen Stuhl ans Ende des Flures, setzte sich, zündete sich eine Zigarre an und wartete auf Assia.

Sie kam am späten Nachmittag mit einem Spediteur die Treppe hinauf und ließ Dutzende in Packpapier eingeschlagene Gemälde abstellen.

»Damit du mich nicht vergißt.«

»Zieh dich aus.«

Tadeus stand auf. Mit jedem Schritt öffnete er einen Knopf seines Hemdes. Als er bei Assia angekommen war, knöpfte er ihre Bluse auf. Links und rechts des Brustbeins wurde die Haut zu den Brüsten hin heller. Er schob ihr die Bluse von den Schultern, fuhr mit den Händen ihren Rücken hinab und hakte den Rock auf. Tadeus kniete sich hin und zog langsam ihren Slip hinunter. Dann küßte er ihr Schamhaar. Er holte einen Hammer und Nägel, und Assia tippte mit dem Zeigefinger auf die Stellen an der Wand, wo er die Nägel einschlagen sollte. Sie rissen das Papier von den Bildern und hängten sie auf.

Assia ging an den Flurwänden auf und ab und betrachtete die Galerie. Tadeus machte eine Porträtaufnahme von ihr.

»Steck dir die Haare hoch«, sagte er.

»Sag mir nie, was ich tun soll.«

Durch den Apparat hindurch sah er, wie sie ihn wütend anstarrte. Dann hob sie die Arme, griff sich in den Nacken und umfaßte ihr Haar. Er trat einen Schritt zurück, ihre Brüste erschienen im Sucher und er drückte den Auslöser.

Assia ging ins Wohnzimmer. Tadeus sah sich die Bilder an, die Pyramiden, die Wüste. Der Kopf einer Ziege, diesmal im Profil, füllte eine Leinwand. Verschleierte Frauen in starkem Wind. Und daneben: Die Skyline von Manhattan. Vier schräge Eiffeltürme, als wollte die Malerin sagen, daß es in Paris nichts Häßlicheres gibt als den Eiffelturm. Der Reichstag in Berlin als Baustelle. Noch mal der verhüllte Stein von Mekka ...

... »Das sind so Erinnerungen«, sagte Appum.

Es wurde dunkel. Das geht schnell hier in Nordafrika, die Abenddämmerung ist kurz.

»Diese paar Wochen waren besser, als alles, was ... Trotzdem: von Anfang an stimmte etwas nicht. Kennen Sie dieses Gefühl, wenn jemand an Ihrer Seite ist und Sie diesen Menschen ansehen und merken, daß nichts zusammenpaßt? Kennen Sie das? Mit Assia ging mir das oft so. Sie paßte nicht in eine möblierte Wohnung. Sie paßte nicht in ein Hamburger Möbelgeschäft. In meine ausgeräumte Wohnung paßte sie. Dachte ich.

In diesem Moment klopfte jemand wie verrückt an die Wohnungstür. Thomas. Er hatte Assia noch nie gesehen. Er erzählte mir später, daß ihr Anblick ihn völlig umgehauen hätte. Ich sah ihm sofort an, daß etwas Schlimmes geschehen war. Wir gingen hinüber. Zum ersten Mal sah Assia das Zimmer. Mein Vater lag auf dem Teppich vor dem Schreibtisch. Er sah so klein aus. Thomas hatte den Notarzt bereits gerufen. Ich kniete mich nieder. Ich weiß nicht, wie man einen Puls fühlt, aber ...«

Appum zog unter der Decke die Beine an.

»Ich wußte, daß er tot war. Ich legte meinen Kopf an seine Brust. Ich roch seinen Schweiß. Nie zuvor hatte ich meinen Vater auf diese Weise berührt. Sein Herz hatte aufgehört zu schlagen. Mit seinen Händen krallte er sich an ein paar Blätter Papier, als wollte er sich daran festhalten. Ich spürte Assias Hände auf dem Rücken und konnte nicht aufstehen von dem Teppich, auf dem die Familie Appum sich fortpflanzte. Der Arzt bestätigte, daß Fritz Christian Appum um circa achtzehn Uhr an Herzversagen gestorben sei.

Assia stand vor der Vitrine mit den Masken, hatte die Arme verschränkt und starrte auf die Schreibtischplatte. So hatte ich seinen Schreibtisch noch nie gesehen: voller Kaffeeflecken, Zigarettenasche und feinen Holzspiralen von angespitzten Bleistiften, dazwischen Dutzende von Notizzetteln.«

Mein Magen knurrte. Belustigt hob Appum die Brauen. Im Kühlschrank sei noch ein Fladenbrot mit Thunfisch. Ich öffnete uns dazu zwei Bierflaschen.

»Ich weiß nicht, ob mir das jetzt bekommt.«

»Trinken Sie, Appum.«

Er prostete mir aus dem Bett zu.

»Tja, Assia betrat meine Welt im Zustand der Auflösung. Katrin hatte mich verlassen, meine Wohnung war leer, und nun war auch noch mein Vater gestorben.«

»Und das war noch nicht alles?«

»Richtig, mon ami, das war noch nicht alles.«

Er streckte sich wieder aus.

»Ich bin heute nicht aus diesem verdammten Bett hochgekommen.«

»Soll ich einen Arzt kommen lassen?«

»Nein. Assia. Sonst nichts.«

»Appum, Sie können ...«

»Wo, verdammt, soll ich sie noch suchen?«

»Waren Sie schon oben bei den Kanonen auf der Squala de la Kasbah? Dort treffen sich die Liebespaare.«

»Ich hoffe nicht, daß sie sich da mit jemandem trifft.«

»Vielleicht trifft sie sich in Gedanken mit Ihnen?«

»Mon ami, seit wann so romantisch?«

Ich winkte ab.

»Machen Sie mir noch einen Tee? Danach werde ich schlafen, und morgen wird es dann wieder gehen. Zu den Kanonen also, meinen Sie.«

»Ja. Gehen Sie zu den Kanonen, Ethnologe.«

Ich ging in die Küche und setzte einen Kessel Wasser auf. Ich schmiß das verschimmelte Obst aus der Silberschale in den Abfall und trat eine Kakerlake tot. Ich stellte das Foto von Assia wieder auf, sah ihr Gesicht an, ihre Achseln, ihre Brüste. Während es im Kessel zu zischen begann, fegte ich Küche und Wohnraum aus. Unter der Spüle fand ich eine verklebte Flasche mit chlorhaltigem Reinigungsmittel und versprühte etwas davon auf den Schimmel. Ich goß den Tee auf und gab ein paar Minzblätter in die Kanne. Als ich ins Schlafzimmer zurückging, hatte Appum das Fenster geschlossen und die Vorhänge zugezogen.

»Der Tee ...« Ich erschrak.

Appum hatte die Augenklappe abgenommen. Sein Auge war geschwollen und rot. Appum hatte ein Buch in der Hand und hielt es mir vor das Gesicht. ›Pfadsuche in der Wüste‹ von Erich Lorenz.

»Ein altes Schätzchen«, sagte Appum. »1931. Berichte über Denham, Caillie, Barth, Nachtigal. Und über den vortrefflichen Rohlfs. Hier, hören sie das Vorwort:

›Die Wüste kann ein schönes und freundliches Antlitz zeigen: frisch und fröhlich wandert die Karawane dahin. Aber sie kann auch überwaltigend grausam sein, so daß sich die vom Unglück verfolgten Menschen mühselig weiterschleppen. Wenn die Kamele vor Durst und Erschöpfung den Kopf senken; wenn das Wasser zur Neige geht und der nächste Brunnen noch in endloser Ferne liegt; wenn die Gefährten schlapp und hoffnungslos sind; wenn die Karte keine Auskunft gibt; wenn der Führer auf deine Frage nach dem Weg die Achseln zuckt und alles Gott überläßt; wenn du den Gesichtskreis absuchst, der nur ein fahles Band zwischen Himmel und Erde ist; wenn nicht das geringste Wegzeichen mit neuer Hoffnung winkt; wenn diese ungeheuerliche Weite sich ansieht und anfühlt wie eine Schlinge, die immer enger auf den ausgetrockneten Hals preßt: wenn alles das auf dem Beduinen lastet, dann empfindet er die Notwendigkeit einer Macht, die noch größer ist als die Macht der Wüste. Dann betet der Beduine zum Allmächtigen um Rettung. Ward sein Gebet nicht erhört, so wickelt er sich in sein Gewand und erwartet mit bewunderungswürdiger Seelenruhe den Tod, den Gott ihm bestimmt hat‹.« Appum hob den Zeigefinger.

»›So ist der Glaube, mit dem man eine Wüstenreise antreten muß. Die Wüste ist schrecklich und erbarmungslos. Aber wer sie einmal erlebte, den hat sie für immer in ihren Bann geschlagen‹. A. M. Hassanein Bey, ›Rätsel der Wüste‹.«

Die Worte lagen auf Brusthöhe im Raum.

»Wer noch nicht in der Wüste war, könnte das etwas pathetisch finden«, sagte ich. »Aber ich kenne die Wüste.«

»Um welche Zeit sollte ich zu den Kanonen gehen, mon ami?«

Ich zündete mir eine Zigarette an. Die Djellabah hing an der Schranktür.

»Gehen Sie mittags. Es ist schön in der Mittagssonne da oben.«

Appum schlürfte den Tee.

»Bis bald.«

»Grüßen Sie Ihre Verlobte.«

»Ja. Danke.

»War die von Ihnen organisierte Ausstellung in Hamburg ein Erfolg?«

»Ja.«

»Viele Besucher?«

»Die Deichtorhallen sind fast geplatzt. Bis dann, Appum, erholen Sie sich.«

»Keine Sorge.«

Ich ließ ihn allein. Auf der Rue Ibn Rochid brannten die Feuer in den Eisenkörben. Ich ging durch das innere Tor der Oqba Ibn Nafiaa, zu meiner Dachwohnung über der Galerie. Lydia stand am Fenster. Sie hatte ein Weinglas in der Hand. Die schöne Deutsche, die störrische Marokkanerin, meine Verlobte Assia Lydia Müller Alachjan.

»Er ist hier«, sagte ich.

»Wer ist hier?«

»Appum. Es geht ihm sehr schlecht.«

Assia drehte sich langsam zu mir um.

»Seit wann? Ich ... Tadeus dürfte nicht hier sein. Seit wann ist er hier?«

»Seit einigen Tagen. Er sucht dich. Er wohnt bei Jacks.«

Wandelzeit

»Weißt du noch, als ich dir von Paris erzählte?« fragte Assia mich. »Von dem Mann, der mich angespuckt hatte? Als ich auf dem Boulevard St. Michel stand, die Rotze an der Wade. Mit nichts in der Hand als ein paar Francs, weil ich einfach nur einen Kaffee trinken wollte. Und wie dann dieser elegante ältere Herr zu mir kam und mir sein Taschentuch gab? Er hat mir erzählt, daß er gegen die Nazis gekämpft hatte. Und kaum waren die besiegt, sei er nach Indochina gezogen, um die in Frankreich besiegte Nazitradition dort unter anderer Flagge aufrechtzuerhalten. Er sagte, ich solle mir das Gesicht des jungen Mannes merken, der mich angespuckt hat. Und ich solle ihn ohrfeigen, wenn ich ihn wiedersähe, das sei man seiner Würde schuldig.«

Assia setzte sich in den Stuhl neben der Terrassentür.

»Ich habe dir von den Vorfällen in der U-Bahn in Hamburg erzählt. Von diesen zwei Jungens, in deren Scheiß-Phantasie ich nichts weiter war als eine Wichsvorlage.«

»Hast du Appum davon erzählt? Von deinem ersten U-Bahn-Zwischenfall?«

»Ja. Warum?«

Ich zuckte die Achseln.

»Ich habe dir von diesen Naziwichsern erzählt.«

»Du hast mir nicht davon erzählt, daß ihr angegriffen worden seid.«

»Ich wollte dir ursprünglich gar nichts von Tadeus erzählen. Nichts von der Gewalt, nicht, daß er mit mir geschlafen hat. Ist er sehr verzweifelt?«

»Das fragst du mich? Ob er verzweifelt ist? Frage lieber, ob ich verzweifelt bin!«

»Du bist nicht verzweifelt, Paul. Dazu hast du kein Talent. Was weißt du von ihm?«

»Dies und das. Man wird nicht so recht schlau aus ihm. Appum kann eine ganze Menge Rollen zugleich in sich vereinen.«

»Ich muß zu ihm. Er muß hier weg.«

»Den bringst du nicht weg von hier.«

»Was soll das?«

»Morgen mittag bei den Kanonen.«

»Du hast ihm gesagt, er solle ...«

»Ja.«

»Weiß er von uns?«

»Ich denke, er ahnt es. Er ist sich vielleicht nicht ganz sicher, aber Appum ist ein aufgeweckter Kerl. Er muß es von Anfang an gemerkt haben, vermute ich jedenfalls. Er hat ein Nacktfoto von dir.«

Sie atmete durch die Nase und massierte sich die Stirn.

»Hatte er eine Chance gegen mich?«

»Wir sind uns nahegekommen. Er hat mir gutgetan. Er ist ein guter, verwirrter Mann. Kein Durchschnittstyp. Ich fühlte mich von ihm sehr verehrt. Ich weiß nicht. Ich liebe dich, Paul.«

»Er war mehr als ein Flirt? Er war mehr als irgendeine Affäre? Das haben wir uns immer gegenseitig zugestanden. Aber er war wirklich mehr?«

»Paul.«

»Antworte mir, Assia?«

»In der kurzen Zeit, die Tadeus und ich in Hamburg hatten, ist so ungeheuer viel passiert. Es ... es war keine harmlose Affäre.«

»Liebst du ihn?«

»Ich liebe dich.«

»Du könntest auch zwei Männer lieben.«

»Ja. Wäre das so schlimm?«

»Wenn Appum der zweite wäre, könnte es schlimm werden.«

Sie stellte das Weinglas aufs Fensterbrett und verschränkte die Arme. Sie streckte das Kinn vor.

»Er beeindruckt dich?« fragte sie.

»Kann ich nicht leugnen.«

»Ich bin nicht bereit, mir jetzt ein schlechtes Gewissen einreden zu lassen«, sagte sie. »Warum treibst du dieses Spiel mit ihm?«

»Warum ich dieses Spiel treibe? Kannst du dir vorstellen, wie ich mich bei dieser ganzen Sache fühle? Er hat mir alles erzählt. Er. Nicht du. Ich hab ihn ausgequetscht. Ich mußte das tun. Ich will dich nicht verlieren, Assia.«

»Das wirst du aber, wenn du nicht aufhörst, Spiele zu treiben. Mit ihm. Und mit mir.«

Ich wußte, daß ich keine Chance gegen sie hatte. Diese Frau war ein gespannter Bogen. So hatte ich sie kennengelernt. So liebte ich sie. Ich ging zu ihr, sank vor ihr auf die Knie und umfaßte ihre Hüften.

»Er hat mich beschützt. Er hat versucht, mich vor diesen Schlägern zu bewahren. Ich rede hier nicht von Heldentum. Ich sage nur, daß er nicht zu jenen gehört, die wegschauen. Du solltest ihm dankbar sein.«

»Warum hast du es mir nicht erzählt, Assia? Warum mußte ich es von Appum erfahren?«

Wir saßen beim Frühstück im Essalam. Appum hatte nur Kaffee und Wasser bestellt. Sein Blick wanderte wieder rastlos umher.

Ich sah über den Platz zum schwarzen Eingang der Tunnelgasse, aus dem Appum vor einigen Tagen gekommen war. Assia lehnte in Djellabah an der Mauer und sah zu uns herüber. Appum trommelte mit den Fingern auf der Tischplatte. Sein Blick blieb an der Frau im Eingang zur Tunnelgasse hängen. Ich biß in mein Marmeladenbrot.

Appum kniff die Augen zusammen, neigte den Kopf ein wenig und murmelte etwas. Dann tastete sich sein Blick weiter zu den sandblauen Tischen vor dem Café de France. Ich zupfte an meinem rechten Ohrläppchen. Assia verschwand im Dunkel der Tunnelgasse.

»In all dem Chaos nach dem Tod meines Vaters habe ich einmal versucht, Assia nachzugehen. Sie war nachmittags bei mir gewesen und hatte mir geholfen, die Masken und Skulpturen aus der Wohnung meines Vaters in meine Wohnung hinüberzutragen. Thomas hatte etwas zu essen besorgt.« ...

... Nach dem Essen ging Tadeus in das Arbeitszimmer seines Vaters. Auf dem Teppich zeichneten sich quadratische Spuren von den Vitrinenschränken ab und runde Spuren von den Körben.

Sein Vater hatte dort gelegen, wo Thomas gezeugt worden war. »Der Teppich, auf dem die Familie Appum sich fortpflanzte.« Als Tadeus zum ersten Mal mit Katrin geschlafen hatte, war sein Vater auf einem Kongreß in New York gewesen. Drei Wochen später hatte sie ihm erzählt, daß sie schwanger sei. Als Tadeus es seinem Vater gestand, hatte er mit einem Zornesausbruch gerechnet. Statt dessen lachte sein Vater.

»Ist es hier geschehen? Hier in diesem Zimmer?«

»Ja.«

Sein Vater lachte und lachte und zeigte mit beiden Zeigefingern auf den Teppich.

»Weißt du, wer ebenfalls auf diesem sagenhaften Teppich gezeugt worden ist? Du. Und höchstwahrscheinlich auch ich!«

Als er sich beruhigt hatte, sagte sein Vater, sie sollten sich keine Sorgen machen, was leben wolle, das solle leben, immer und überall, in Afrika ebenso wie in Europa, und er verdiene bei weitem genug Geld, um Katrin und Tadeus unter die Arme greifen zu können. Jetzt bückte Tadeus sich und strich mit der Hand über den Teppich. Die Türen zwischen den Wohnungen standen offen. Tadeus hörte Assias Lachen. Er ging zurück.

Assia sagte: »Ihr beide müßt jetzt allein sein.«

»Bleib doch.«

»Nein, heute nicht.«

Sekunden später fiel die Tür ins Schloß. Thomas hob den Zeigefinger. Tadeus sprang auf und folgte Assia. In sicherem Abstand ging er hinter ihr die Heimhuder Straße hinab. Rechts in die Binderstraße an der Schmalseite des Museums vorbei, nach links die Rothenbaumchaussee Richtung Dammtorbahnhof. Assia ging flink, mit hocherhobenem Haupt. Als hätte sie etwas Dringendes zu erledigen. Vor dem Bauzaun an der Universität blieb sie stehen. Tadeus stellte sich hinter eine Litfaßsäule. Assia nahm eine Spraydose aus ihrer Umhängetasche. Sie schüttelte sie heftig und zog die Kappe ab. Mit einer weitausholenden Armbewegung übersprühte sie etwas auf dem Bretterzaun. Ein Mann blieb bei ihr stehen und sprach sie an. Assia steckte die Kappe wieder auf die Dose und ging weiter. Tadeus folgte ihr. Die Farbe an den Brettern nahm er aus den Augenwinkeln wahr. Der Winkel eines Hakenkreuzes war frei geblieben. An der Ampel zum Bahnhof blieb Assia stehen und sah ihm ins Gesicht.

»Ich komme morgen zu dir, Tadeus. Nicht du zu mir«, rief sie.

»Warum verbirgst du so viel vor mir?« Sie drehte sich um und ging.

Tadeus fingerte nach dem Museumsschlüssel in der Hosentasche und ging durch den Bahnhof Richtung Planten un Bloomen.

Er stapfte zwischen Wiesen, Bächen und Blumenbeeten herum.

Ich will dich küssen, die Fältchen in deinen Augenwinkeln, deinen Hals, jeden einzelnen deiner kleinen schlanken Finger.

Vor dem Gefängnis am Rande des Parks standen vier Araberinnen und sahen hinauf zu den vergitterten Fenstern oben in der Mauer. Tadeus setzte sich auf eine Bank und zündete sich einen Zigarillo an. Er ließ den Rauch zwischen den Lippen hervorquellen und versuchte herauszufinden, was diese Frauen zu den Fenstern hinaufschrien – in irgendeiner arabischen Sprache, die er in einem anderen Leben zu lernen begonnen hatte. Er sah eine Hand zwischen Gitterstäben, aus einem der Fenster winkte jemand mit einem weißen Tuch.

Tadeus starrte hinauf und versuchte irgend etwas hinter den Gittern zu erkennen, aber da war nur diese Hand mit dem Tuch. Sein Blick fiel wieder auf die Frauen.

Manchmal glaubte Tadeus das ein oder andere Wort verstanden zu haben; Sehnsucht, bald vorbei, Ana malit, Ana malit, Sommer ... Eine der Frauen war dick und atmete heftig. Jetzt stemmte sie die Hände in die Hüften und lachte erschöpft.

Zwei deutsche Frauen kamen den Weg herauf. Sie blieben stehen, beobachteten die vier Araberinnen und tuschelten.

Die Jüngere sah zu den Fenstern hinauf. Ihre Augen waren blau und feucht. Sie rief: »Paul! Paul!« Als keine Antwort kam, versuchte es die Ältere: »Paul, mein Sohn!« Mehr zu sich selber, als an die Jüngere gewandt, schüttelte sie den Kopf und murmelte:

»Mein Sohn zwischen all diesem Gesindel – auch wennen

deutscher Mann ma 'n Fehler macht, sowas hadder nicht verdient. Ausweisen, alle ausweisen. Die können nich ma doitsch. Koffer packen, un ab.«

Jetzt rief die Jüngere wieder. Es kam keine Antwort.

»Wer weiß, was die grad mit unserm Paul machen«, sagte die Alte.

»Was hat er denn getan, der Paul?« fragte Tadeus.

»Das geht Sie 'n Scheißdreck an«, sagte die Alte.

»Er hat einen Fehler gemacht«, sagte die Junge. »Einmal! Er ist nicht so wie die anderen da. Die kommen doch nur hierher, um ...«

Tadeus hob die Hände.

»Auch son Liberaler, oder was«, sagte die Alte.

Immer höflich bleiben, dachte Tadeus, Höflichkeit ist eine der größten menschlichen Errungenschaften.

»Die ganzen Scheiß-Kanacken«, sagte die Ältere.

»Kanacke heißt nichts anderes als ›Fremder‹«, sagte Tadeus.

»Sach ich ja.«

Immer gesittet bleiben, dachte er.

»Mieses altes Miststück«, sagte er, verbeugte sich und ging.

Die Sonne senkte sich über den Park. Tadeus rannte bis zum Parkausgang an der Reeperbahn. Dort winkte er ein Taxi heran. Er beschrieb dem Fahrer den Weg zu der Kneipe, in der Thomas kellnerte.

Mit einer Zigarette im Mundwinkel zapfte Thomas ihm ein Pilsener. Es dauerte nicht lange und eine Frau setzte sich auf den letzten freien Barhocker neben Tadeus. Schon bald erzählte er ihr von Namibia und der Bucht von Lüderitz. »Lauter deutsche Namen dort«, sagte er. »Skelettküste genannt.«

Spät ging er zum Museum, sah sich um und schloß vorsichtig die Seitentür auf. Dunkel und glatt lag der Flur vor ihm. Er schlich durch die beiden Säle für Sonderausstellungen, huschte durch die Eingangshalle und eilte hinüber in den Afrika-Saal. Um ins Obergeschoß zu kommen, nahm er die kleine Treppe am Ende des Saales. Sein Vater saß vor einem Zelt und schrieb auf einer Reiseschreibmaschine. Tadeus eilte weiter. Auf der Treppe machte er die Taschenlampe an, lauschte nach Schritten und sprintete hinauf, durch die Amerika-Abteilung, schnell durch den Europa-Saal, an der Wand entlang durch die obere Halle und dann hinein in die Ausstellungsräume Indonesien und Australien. Er leuchtete dem Drachen ins Gesicht, ließ die Spiegelstückchen des Barongs erstrahlen und betrat den stockdunklen Maskensaal, als er jemanden summen hörte. Er knipste die Lampe aus und verharrte. Jetzt hörte er Schritte. Ich bin nicht hier. Ich bin nicht hier. Durch die Tür sah er einen Balken schwachen, gelblichen Lichts waagerecht zucken. Der Balken tastete den Türrahmen ab und legte ein weißliches Oval auf den grauen Boden des Maskensaals. Den Mann, der die Lampe hielt, sah Tadeus nur schemenhaft, es war, als bewege sich das Licht von allein. Die Schirmmaske und die Seelenvogelmaske erstrahlten, das Licht blieb lange auf ihren Gesichtern liegen.

»O ihr fremden Götter«, sagte die Stimme aus Licht. Plötzlich begann der Strahl wild zu tanzen, er raste über die großäugigen Fratzen, über offene Münder, über Krallen und seltsam deformierte Schädel, raste über Tadeus' Gesicht, bewegte sich wild, hackte die Monster aus der Schwärze, um dann im Bruchteil einer Sekunde zu erlöschen, sich zurückzuziehen in seinen Ausgangspunkt, eine implodierte Sonne, die von jemandem mit leichten Schritten davongetragen wurde.

Ich bin nicht hier.

Er wartete noch einige Minuten, dann schob er den Schalter

der Taschenlampe wieder nach vorne. Er leuchtete in die Masken. Das wächserne Gesicht seines Vaters verzerrte sich zwischen der Sisu- und der Doppelschirmmaske.

An einem anderen Tag der Zeitrechnung seit Assia sah er sie in einem der Säle für Sonderausstellungen. Sie war ganz in Orange. Ruckartig drehte sie den Kopf zwischen den Exponanten hin und her, ihr Blick verfing sich nur für Sekunden. Sie verließ das Museum. Tadeus folgte ihr. Diesmal würde es gelingen, diesmal würde er erfahren, wo sie wohnte. Die Binderstraße hinab zur Außenalster, dann zur U-Bahn. Landungsbrücken, wässriger Wind von der Elbe. Er sah Assia auf einem Poller sitzen. Ihre orangen Kleider ließen das Wasser noch dunkler erscheinen. Sie starrte auf den Fluß. Sie ließ den Kopf hängen ...

... »Und?« fragte ich. »Was war mit ihr?«

»Ich weiß es nicht.«

»Sie muß doch etwas gesagt haben.«

»Als ich an dem Poller ankam, war sie fort. Sie war nie an dem Ort an dem ich sie zuletzt gesehen hatte.« ...

... Am Tag darauf wurde Tadeus' Vater auf dem Ohlsdorfer Friedhof beerdigt. Tadeus hatte dafür gesorgt, daß die Zeremonie im kleinsten Familienkreis abgehalten wurde. Bloß keine Ethnologen.

Der Sarg wurde in die Grube hinunter gelassen. Tadeus warf einen ledergebundenen Band der Herodot-Ausgabe seines Vaters auf den Sarg.

»Ich ziehe aus«, sagte Thomas.

»Du kannst bei mir wohnen.«

»Danke, Alter, aber ... Ich muß da jetzt raus. Und du am besten auch.«

An diesem Nachmittag stellte Tadeus sich einen Stuhl ans Ende des Flures und wartete auf Assia. An den Wänden stapelten sich Kartons und Regalbretter, die den Blick auf Assias Gemälde verstellten, Berge von Büchern waren schräg an die Flurwände gelehnt. Die Tür ging auf. Assia.

»Ich liebe dich«, sagte Tadeus. »Ich liebe dich. Ich liebe dich. Ich liebe dich. Du bist das Koordinatensystem meiner Welt, mein Globus, mein größtes Exponat.«

Assia verschränkte die Arme vor der Brust.

Tadeus war es, als prallten seine Worte an der Frau ab wie Steinchen an einem Fenster.

»Hör zu, Tadeus. Hör mir zu. Ich bin keine Marokkanerin. Mein vollständiger Name ist Assia Lydia Müller Alachjan. Meine Mutter war Marokkanerin, mein Vater gebürtiger Hamburger. Er war Diplomat im Nahen Osten und im Maghreb. Ich bin Deutsche. Ich bin ein waschechter Mischling. Und: Es gibt noch einen anderen Mann. Ich bin mit ihm verlobt. Ich wollte nur noch bis Ende des Jahres in Deutschland bleiben und dann fortgehen. Und dann warst du plötzlich da.«

Tadeus' Nacken wurde hart und kalt.

Assia ließ sich an der Tür hinuntergleiten und saß mit angezogenen Knien am Boden.

Sie legte die Hände an die Wangen.

»Es gibt drei Typen von Diplomatenkindern. Die einen werden selbst Diplomaten. Die anderen drogenabhängig. Die dritte Gruppe, zu der ich mich am ehesten zähle, wird so wie ich: unstet, rastlos, heimatlos. Aber für mich ist das in Ordnung. Probleme haben damit nur die Menschen, die mich festhalten wollen.«

»Müller?«

»Müller-Alachjan.«

Tadeus holte eine Flasche Champagner aus dem Kühlschrank.

Assia saß inmitten all der Standardwerke zur Ethnologie. Der Korken knallte gegen die Decke, prallte ab und flitzte in einen Krater zwischen den Nachschlagewerken. Mit dem Fuß schob Tadeus sich einen Platz neben Assia frei. Mehrere Bücherstapel fielen um.

»Ich war eine Zwangsnomadin. So war es jedenfalls fast vierzig Jahre lang. Das war gut. Weißt du, inzwischen glaube ich, Menschen sind nicht dazu geschaffen, ein ganzes Leben so zu verbringen. Selbst Nomaden haben feste Routen. Wenn ein Mann mit seinen Kamelen von Mursuk aufbricht, dann kennt er seinen Weg zu den Wassern von Takartibah, wie ein anderer Mensch seine Heimatstadt kennt. Die Route ist sein Zuhause. Früher habe ich das anders gesehen. Aber ich bin keine Zwanzig mehr.« Sie griff sich an den Oberschenkel und zeigte lachend auf ihre Haut.

»Vor etwas über einem Jahr habe ich dann diesen Mann ...«

»Erzähl mir von dir«, sagte Tadeus. »Nicht von diesem Mann.«

»Er ist mein Verlobter.«

Nein, nein, nein. Tadeus stürzte den Champagner hinunter, ging ins Bad und riß die Tür zum Medikamentenschrank auf. Fläschchen, Tuben, Dosen. Jeden Tag mußte er das Zeug schlucken. Aber er sprach so wenig darüber, daß es ihm selbst kaum noch klar war. Er wußte nicht einmal mehr die Namen der einzelnen Präparate, las die Aufschriften nicht, las die Beipackzettel nicht, drehte die Behältnisse immer mit der Vorderseite nach hinten in den Schrank. Ein Bote hängte ihm regelmäßig die Medikamente in einer Plastiktüte an die Wohnungstür.

»Verlobter«, sagte Tadeus in den Schrank hinein. Er schmiß die Tür zu, der Spiegel auf der Außenseite schepperte. Viszerale Leishmaniose, Kala-Azar. Phlebotomus. Er wusch sich das Gesicht mit kaltem Wasser. Er kehrte zu Assia zurück. Er küßte sie hart auf den Mund.

»Du tust mir weh, Tadeus. Du tust mir wieder weh.«

»Erzähl mir deine Geschichte.«

»Meine Geschichte? Wenn ich schnell um eine Straßenecke gehe, weiß ich manchmal nicht, in welcher Stadt ich bin. Das ist meine Geschichte.«

Assia zündete sich eine Zigarette an.

»Mein Vater arbeitete im Vizekonsulat in Tanger, als er meine Mutter kennenlernte. Er hat sich während eines Empfangs im Konsulat sofort in sie verliebt. Meine Mutter stammte aus einer der größten Möbel- und Teppichhändlerfamilien Marokkos. Sie arbeitete damals schon in einer gehobenen Position. Sie war mit dem Auslandshandel betraut. Mein Vater kaufte diese Wohnung in Essaouira, wohin sich die beiden in ihrer wenigen Freizeit zurückzogen. Ich bin dort zur Welt gekommen. Und kaum war ich zwei Jahre alt, wurde mein Vater versetzt. Nach Damaskus. Es begann eine Odysee durch den Nahen Osten, Tripolis, Kairo, Beirut. Viel Unruhe. Krieg. Der ganze unselige Mist. Meine Mutter war hin- und hergerissen zwischen der Liebe zu ihrem Mann und der zu ihrer Heimat. Diese Frau hat Marokko wirklich geliebt. Nach einigen Jahren schaffte es mein Vater durch hartnäckiges Betreiben, zurückbeordert zu werden nach Marokko. Er wurde Stellvertreter des Generalkonsuls in Casablanca. Das ist eine der furchtbarsten Städte in Marokko. Er war sehr ehrgeizig. Er war einer derjenigen, die dafür gesorgt haben, daß der Handel zwischen Marokko und Deutschland an Bedeutung gewann. Er reiste viel – so wie dein Vater. Meine Mutter wurde immer kleiner. Sie hatte von einer großen, marokkanischen Familie geträumt, hatte gehofft, Papa würde nicht so viel unterwegs sein müssen. Sie wollte mehr Kinder. Er schaffte es dann, uns aus Casablanca fortzuholen. Er wurde Stellvertreter des Botschafters in Rabat. Wir wohnten in der Zankat Madnine, nahe der Botschaft. Ich kam auf die Rabat American School. Dann auf das Lycée Descartes am Place Jean Courtin und zack war es auch schon wieder vorbei und wir gingen nach Paris, nur um von dort vier Jahre später nach Rabat zurückzukehren. Um mich in dieser Welt zurechtzufinden, wurde ich eine erstklassige Schülerin. Zum Glück fielen mir Sprachen leicht. Mir fehlten Freunde, mir fehlten Bezugspersonen, und schon deshalb lernte ich all die Sprachen, von denen ich dir erzählt habe. Ich habe eine Weile in der Botschaft gearbeitet, ich habe Artikel für Zeitungen geschrieben, habe unterrichtet, ein Sprachstudium in Paris begonnen, war als Vertreterin der Teppichfirma in Persien unterwegs und ...« Assia wies auf die Bilder an den Wänden. »Ich habe all die Orte, an denen ich nicht lange sein würde, gemalt, immer wieder. Ich habe viele Männer gehabt. Spermien aus vielen Nationen. Das ist eigentlich schon alles.«

»Komm«, sagte Tadeus.

»Warte«, sagte Assia. Sie trank die Champagnerflasche aus.

»Komm einfach mit.«

»Hol mir noch Wein.«

Tadeus entkorkte einen Weißwein. Assia trank.

»Jetzt besser?« fragte er.

»Ja.«

Es war dunkel, Tadeus ließ das Licht im Treppenhaus ausgeschaltet. Er führte Assia die Heimhuder Straße hinunter bis zur Ecke Binderstraße.

»Ganz schön gediegene Gegend, Ethnologe«, sagte Assia. Sie stieß auf.

»Ein Löwe«, sagte Tadeus.

»Eine Löwin«, sagte Assia.

Sie gingen zum Seiteneingang des Museums, Tadeus zog den Schlüssel aus der Hosentasche und schloß auf.

Assia kicherte und streifte ihre hochhackigen Schuhe ab. Tadeus zog sie in den Flur und knipste eine Taschenlampe an. Er nahm Assias Hand.

Sie gingen durch die Sonderausstellung Japan. Die kleinen Augen einer weißgesichtigen Geisha blickten ihnen nach. Sie kamen in die Halle, in deren Höhe sich das Licht der Taschenlampe verlor. Lange Holzboote schwebten im Himmel unter der Kuppel.

»Indonesien und Australien«, flüsterte Tadeus. Sie betraten den stockdunklen Maskensaal. Tadeus ließ Assia los und verschwand im Dunklen ...

... »Wir haben uns geliebt«, sagte er. »Im Maskensaal des Museums. Die Masken haben uns zugesehen. Alles hatte ich in diesem Museum gemacht: gegessen, getrunken, gearbeitet, sogar geschlafen habe ich dort. Nur mit einer Frau war ich zuvor nie zusammen gewesen.«

»Das heißt, Assia war betrunken, als Sie mit ihr geschlafen haben.«

»Beim ersten Mal war sie etwas angeheitert. Nicht betrunken. Wir haben noch oft miteinander geschlafen – in den darauffolgenden Wochen.«

Ich trank einen Schluck Kaffee. Er war kalt und bitter geworden.

Von Appums Kinn tropfte Schweiß auf das Plastiktischtuch. Mit dem Ärmel der Djellabah wischte er den Tropfen weg. Er sah auf seine Armbanduhr.

Das Foto lag noch immer vor mir auf dem Tisch. Appum sah es an, griff aber nicht danach.

»Wir liebten uns, wir gingen spazieren, wir redeten, wir waren im Museum. Immer wieder fragte ich Assia, ob sie zu mir ziehen wolle. Aber für Assia kam das nicht in Frage.«

»Und was war mit Assias Verlobtem?«

»Der interessierte mich nicht. Ich kannte ihn nicht, ich hatte nichts mit diesem Mann zu tun. Verstehen Sie, er war für mich kein Thema.«

»Und Assia? Sie muß doch über ihn geredet haben.«

»Hat sie aber nicht. Wenn dieser Typ so großartig gewesen wäre, hätte sie dann so viel Lust gehabt, mit mir zu schlafen? Was glauben Sie?«

Ich lehnte mich zurück und schlürfte den Rest Kaffee. Der Hal ließ die Stadt heute im Stich, die Hitze lag schwer auf dem Platz, in den Gassen und unter den Markisen der Cafés. Seit Tagen hatte es vom Hafen aus nicht mehr so intensiv nach Fisch gerochen. Der Gestank hing mir in der Nase. Ich zündete mir eine Zigarette an und sah auf meinen Notizblock neben dem Foto. Die Hälfte des Blocks war voll, auf den Drahtspiralen glänzte die Sonne.

»Kommen Sie«, sagte ich. »Lassen Sie uns zu Mittag essen.«

Wir bezahlten und gingen über den Platz. Die Sonne stand beinahe senkrecht über uns, unsere Schatten waren nicht mehr als kleine Buckel.

»Assia hatte Sie also zuerst in dem Glauben gelassen, sie sei Marokkanerin?«

»Sie hat gespielt. Aber das ist etwas, das mir nicht fremd ist. Man ist, was man sein will. Sie wissen ja ...«

Appum erstarrte. Ich sah erst ihn an und folgte dann seinem Blick. An einer der Bänke bei den Fischern stand eine kleine, zierliche Frau in hellblauem Haik. Sie hatte uns den Rücken zugewandt. Ihr langes Haar hing schwer herab. Appums Rechte krallte sich um meinen Unterarm.

»Assia«, sagte er. »Assia, Assia«, immer lauter, bis ihr Name zu einem Schrei wurde. Er rannte los. Als er bei der Frau ankam, legte er ihr vorsichtig eine Hand auf die Schulter. Die Frau drehte sich zu ihm um. Appum erstarrte. Er verbeugte sich, ging einige Schritte rückwärts und verbeugte sich noch einmal. Auch ich hatte einige Sekunden lang gedacht, daß es tatsächlich Assia war, die dort bei den Fischern stand. Allein das Wissen darum, daß Assia weder eine hellblaue Haik besaß, noch jemals ein blaues Kleidungsstück getragen hatte, machte mich sicher. Appum kehrte mit gesenktem Kopf zurück.

»Falscher Alarm?«

Appum schloß die Augen.

Ich zeigte einem Fischer, welche Fische er für uns auf den Grill legen sollte.

»Assia mal zwei«, sagte ich. »Die Assia, die Sie kennen, die aus Deutschland, und die, die es hier gibt und die einen Verlobten hat. Hübsche Szene. War Ihnen das peinlich, Appum?«

Er winkte ab.

»Was meinen Sie, hat sie ihrem Verlobten von dieser Affäre erzählt?«

»Es war keine Affäre.«

»Es scheint, daß sie das anders ...«

»Es war Liebe.« ...

... Sie kehrten in die Wohnung zurück und stiegen im Flur über die verstreuten Bücher hinweg.

»Morgen zeig ich dir etwas«, sagte Assia. »Etwas, das mir noch viel, viel mehr bedeutet als dein sauberes Museum: Harrys Hamburger Hafenbasar.«

Die Entstehung der Welt aus dem Geist der Enge

»Wissen Sie, ich wollte mal ein Buch schreiben über die Entstehung des Museums«, sagte Appum. »Das einzige Manuskript, für das ich keinen Verleger fand. Als Assia mich in diesen Hamburger Hafenbasar führte, dachte ich, daß es so ähnlich zugegangen sein mußte, als mein Museum entstand.

Die erste schriftliche Erwähnung einer ethnographischen Sammlung in Hamburg geht auf das Jahr 1850 zurück. Die Exponate standen im Johanneum. Es muß ein wildes Durcheinander gewesen sein, allein wegen des Platzmangels. 1867 wurde der erste Katalog erstellt. 645 Stücke. Im Volksmund galt die Ausstellung als Rumpelkammer. Masken, Stoßzähne, Boote, Bilder, Waffen, wild über- und untereinander gestapelt. Mitte 1870 wurde der erste Umzug gemacht. Wie gerne wäre ich dabei gewesen. Der gesamte Bestand, der mittlerweile weit über die zuerst gezahlten Stücke hinausging, wurde auf Karren verladen und durch Hamburg zum Museums- und Schulgebäude am Steintorplatz transportiert. Langweile ich Sie?«

»Keineswegs.«

»Sie werden das brauchen als Hintergrund für Ihr Buch, mon ami. Die Entstehung einer ganzen Welt, ihr Aufblühen, ihr ... 1878 bekam die Sammlung ihren Namen: Museum für Völkerkunde. 1890 erneuter Umzug. Anfang 1900 waren es 20.000 Exponate. Senator von Melle – jener Mann, der meinen Großvater in die Südsee schickte – forderte einen Neubau. 1908, in dem Jahr also, in dem mein Großvater abreiste, begannen die Arbeiten an der Rothenbaumchausee. 1912 wurde die Sammlung aufgenommen. Zukäufe, das Maorihaus, Schenkungen, die Frobenius-Sammlung von der Kongoreise, Fric, wieder Frobenius. Selbst während des Ersten Weltkrieges wuchs die Sammlung. Es ging immer weiter. Im Zweiten Weltkrieg wurden viele Stücke ausgelagert, unter anderem nach Lautenthal. Dort kam es zu irgendwelchen Kämpfen. Ein SS-Kommandant wollte seine Benzinvorräte nicht dem Feind in die Hände fallen lassen und ließ alles anzünden. Die Vorräte lagerten nahe der Sammlung. Alles weg. Insgesamt hat der Krieg 70.000 Exponate verschlungen.«

»Über die Zusammenhänge von Ethnologie und Kolonialismus haben Sie nicht geschrieben, Appum? Oder über die Ethnologie zur Nazizeit?«

»Jedem das seine, mon ami. Wir fuhren also zum Hafenbasar.« . . .

. . . An der Reeperbahn stiegen sie aus und bogen in die Silbersackstraße. Tadeus sah fremdländische Skulpturen an den Wänden eines Hauses, ihren Blick auf die Elbe und die Docks gerichtet.

»Harrys Hamburger Hafenbasar«, sagte Assia. Sie nahm die Sonnenbrille ab und zog Tadeus mit sich hinein in den Laden.

Je weiter Tadeus sich vom Eingang wegbewegte, um so dunkler wurde es. Die Fenster direkt neben der Tür waren noch halbwegs unverstellt gewesen, so daß trotz einer dicken Staubschicht noch ein wenig sonnenfahles Licht hineinfiel. Mit jedem Meter jedoch waren die Fenster weiter zugewachsen mit ausgestopften Fledermäusen und Setzkästen voller Schmetterlinge. Skulpturen wuchsen ins Sonnenlicht, dicht an dicht. Hier mußten hunderttausend Teile versammelt sein, die sich in den Kammern durchhängender Regale bis unter die Decke stapelten. Käfer-, Muschel- und andere Insektensammlungen waren in hölzernen Schiebekästen wahllos übereinandergeschoben. Schiffsmodelle mit abgeknickten Masten, von Stürmen gegen einen Totempfahl geworfen. Speere und Keulen aus Afrika und Indonesien, zusammengebunden zu trockenen Sträußen. Tausende von Figuren aus aller Herren Länder, grob geordnet nach Ethnien und Kontinenten.

Gegen diese überbordende, ungeordnete Fülle war Tadeus' Museum ein Ort der Berührungslosigkeit, hier aber, in diesem unerhört unaufgeräumten, dschungelhaft stickigen Spektakel, konnte er tasten und streicheln, den Finger in die Augenhöhle einer Maske stecken, eine hölzerne Frauenbrust umfassen, die Schärfe einer Lanzenspitze spüren. Fruchtbarkeitsfiguren aus Ghana, hölzerne Elefanten aus Myanmar, Fetische aus Zentralafrika. Die Besitzerin ließ eine Kassette mit Gamelan- und Lautenmusik spielen. Ausgestopfte Leoparden fauchten, Tadeus stieß an einen afrikanischen Holzmann mit Messer in der Faust und geschwollenen Hoden. Im nächsten Gang drängten sich Tiere und Götter, Fetische und Waffen, Tadeus stieß ständig mit den Schultern an. Einmal erschien Assia direkt vor ihm, er hätte sie fast nicht erkannt. Er schloß die Augen und breitete die Arme aus. Als er sie wieder öffnete, war Assia verschwunden. Er ging immer tiefer hinein in die Gassen und setzte sich mit angezogenen Knien zwischen dunkle Holzgötter aus Zentralafrika.

Irgendwann kehrte er zurück.

»Nicht zu fassen!«

»Ja«, sagte die Frau an der Kasse. »Das ist meine Welt. Bei mir zu Hause sieht es nicht anders aus.«

»Woher kommt das alles?«

»Seeleute. Die bringen mir ihr Zeugs mit. Mit Afrika mach

ich jetzt erst einmal Schluß, aber Indonesien und Asien haben einen ganz guten Durchlauf.«

»Seeleute? Die kommen hierher und bringen Ihnen solche Schätze mit?«

»Ja.«

»Und dann katalogisieren und numerieren Sie das und ordnen es nach ...«

»Nein.«

»Nein?«

»Nein.«

»Waren Sie schon einmal im Völkerkundemuseum?«

»Steriler Kasten. So ’ne richtige Trockennummer. Hier, sehen Sie mal, ein Schrumpfkopf.« ...

... Wieder hatte ein Krebs es geschafft, über den Rand des Eimers zu klettern, und war von dort auf die Steine gefallen. Einer der Fischer hob ihn auf, drehte ihm die Beine ab, knackte ihn und legte ihn auf den Rost. Ich sah auf den Atlantik hinaus, der träge an die Mauern der Stadt plätscherte und der Sonne eine fast unnatürlich glatte Spiegelfläche bot. Ich bezeichne mich gerne als Sohn der Sonne, ich mag den Winter nicht, ich kann Schnee nicht leiden. Sonne und Wärme beflügeln mich, intellektuell und körperlich. Vielleicht war es seit meiner Kindheit nur das gewesen, vielleicht war diese Sucht nach Sonne vor allen Grübeleien über Deutschland der ausschlaggebende Grund gewesen, warum ich immer fort wollte, immer dahin wollte, wo viel Sonne war. Aber heute, ohne den Hal, umfing uns eine Hitze, die an die Grenze des Erträglichen ging.

Wäre Appum nicht hier gewesen, so läge ich jetzt neben Assia und wir würden erst am Nachmittag wieder aufstehen und unsere Wohnung würde nach Assias Ölfarben riechen. Hitze unterstützt Gerüche, die angenehmen wie die schlechten. Wenn an einem Tag wie heute Assia neben mir liegt und ihren Slip auszieht, umweht mich der Duft ihrer Vagina. Ihre Brustwarzen schmecken nach Schweiß, ihre Achseln sind feucht, und wenn ich auf ihr liege, bildet sich ein nasser Film zwischen unseren Körpern …

Ich sah Appum an. Er atmete stoßweise, seine Haut war eher gelb als braun. Er trank ununterbrochen Wasser.

»Fliegen Sie endlich zurück.«

»Nein.«

»Appum …«

»Nein. Wohin sollte ich zurückfliegen?

Er sah mich an. Er lächelte und tat etwas, das mich berührte, das mich beschämte und verlegen machte: Er legte seine Hand auf meine.

»Es ist gut, mon ami«, sagte er.

Assia, dachte ich, Assia, Assia, Assia.

Dieser Mann, der mir gegenüber saß, hatte sein Sperma in sie hineingespritzt. Er hatte ihre Lippen geküßt. Ihre Brüste. Er liebte meine Assia. Sie hatte gesagt, daß sie ihn liebte. Und war gegangen. Ich wischte mir den Schweiß von der Stirn. Die Hitze drückte von allen Seiten. Ich sah auf meine Uhr. In einer Stunde würde Assia bei den Kanonen sein.

»Woran denken Sie?« fragte ich.

»An Assia. Woran sonst.«

Eine der beiden blonden Hamburgerinnen ging über den Moulay Hassan. Ihr folgte ein Mann mit einem Kofferkarren. Immer wieder drehte sich die Frau ihm um und schimpfte. Von der anderen Frau war nichts zu sehen.

»Da ist wohl etwas passiert«, sagte Appum.

Auch heute noch, da alles vorbei ist, da Appums Spuren sich verloren haben, falls er überhaupt noch lebt, auch heute vermag ich das Verhältnis zwischen ihm und mir nicht angemessen zu beschreiben. Es gibt keine allgemeingültigen Systeme, es gibt Situationen und ein paar Gedanken, an die man sich halten kann. Aber eine wirklich gute Philosophie ist situativ und kümmert sich nicht um einen ordnenden Über- oder Unterbau. Sie verändert sich, wie sich für uns täglich das Fremde verändert, wenn wir in ihm leben. Systeme sind nie von Dauer. Es gibt den Atlantik und die Gnaoua-Kunst, es gibt die Sonne und Museen und Menschen, die im Dschungel umgebracht werden und ausgeräumte Arbeitszimmer und Liebespaare und bei lebendigem Leib gegrillte Krebse.

»Im Museum fand man Assias Höschen auf jener Maske.« …

… In der Eingangshalle sah Tadeus den Direktor mit dem Hausmeister und einigen Wissenschaftlern reden. Er packte Assia am Arm und wartete, bis der Direktor und die anderen über die Treppe verschwanden.

»Stellen Sie sich vor«, sagte die Kassiererin, »Herr Appum, wir haben … wir haben eine schwarze Unterhose im Maskensaal gefunden. Aus Seide. Bestimmt sehr teuer. Sie hing auf der Doppelmaske von der Gazelle Halbinsel.«

»Neubritannien, die Sulka«, sagte Tadeus.

»Ja, ich glaube. Furchtbar respektlos.«

Assia zog Tadeus weiter.

»Rotorua-See, Nordinsel Neuseelands«, sagte Tadeus. Er zeigte auf das Maorihaus. »Jedem großen Führer bauten die Maori solch ein Haus. Dieses Haus aber sollte zu Ehren einer Frau gebaut werden. Te Waru ließ zwei der besten Schnitzer kommen. Aber es wurde überliefert, Te Waru habe sich auf der Baustelle nicht den Sitten und Gebräuchen gemäß verhalten. Er habe die Götter erzürnt. Seine Braut starb. Te Waru heiratete erneut. Er ließ weiterbauen. Die zweite Frau starb. Te Waru heiratete wieder und wurde Vater. Am Haus wurde geschnitzt. Frau und Kind starben. Und erst jetzt ließ Te Waru vom Weiterbau ab. Die vorgeschnitzten Hölzer und Einzelteile lagen am Ufer des Sees. Dort wurden sie von einem auf Neuseeland lebenden Schweden gefunden, der den Weiterbau veranlaßte. Dieser Mann hat um die Jahrhundertwende auf dem internationalen Kunstmarkt das Haus zum Verkauf angeboten. Seitdem ist es hier.«

»Die Götter erzürnt? Gut so«, sagte Assia. »Aber er hat zu wenig an die Frau gedacht.«

Im Maskensaal suchte sie nach Spuren ihres nächtlichen Ausflugs, sie sah auf den Boden und tippte mit der Schuhspitze auf den Teppich.

»Nichts. Als wären wir gar nicht hier gewesen«, sagte sie.

Flucht

Er gehe jetzt zu den Kanonen, hatte Appum gesagt. »Folgen Sie mir bloß nicht.« Ich sah ihm hinterher. Die Sonne löste den groben, braunen Stoff der Djellabah auf. Appum ging langsam und kraftlos.

Zu Hause nahm ich eine Flasche Weißwein aus dem Kühlschrank und setzte mich auf die Dachterrasse. Assia hatte das Sonnensegel aufgespannt. Neben ihrem Liegestuhl lagen ein Buch und ein Bikini. Ich roch an dem Bikini, ich legte die Hand auf das Segeltuch des Liegestuhls. »Assia.«

Ich klappte den Notizblock auf. Ende bei den Kanonen, Fragezeichen, Fragezeichen, Fragezeichen. Ich rief in der Galerie an, sprach mit Abdelhaq und erledigte einige Telefonate mit zwei Galerien in Marseille und Nizza.

Ich war davon ausgegangen, daß ich Assia erst am Abend, vielleicht erst in der Nacht, wiedersehen würde. Aber kaum hatte ich einige Seiten in einem Kunstkatalog aus Südafrika gelesen, hörte ich die Tür über den Boden schleifen. Assia trat sie mit der Ferse zu. Ich ging ihr entgegen. Sie rührte sich nicht und sah auf ihre Füße.

»Und?«

»Ich konnte es nicht.«

»Du hast nicht mit ihm geredet?«

»Nein.«

»Wieso?«

»Wieso spielst du dieses miese Spiel?«

»Das hab ich dir doch schon gesagt. Und wer hat denn hier mit irgendwelchen Spielen angefangen?«

»Nimm dich in acht.«

»Okay, okay. In Ordnung. Hat er dich gesehen?«

»Ich glaube, ja. Aber ich hatte die Djellabah an. Ich weiß nicht, ob er mich erkannt hat. Triff du dich wieder mit ihm und laß dir die Geschichte bis zum Ende erzählen, bis zur U-Bahn. Danach gehe ich zu ihm. Tadeus muß hier weg. Das alles hätte überhaupt niemals geschehen dürfen.«

»Ganz deiner Meinung.«

»Hör auf, ja? Du ergötzt dich ja noch daran. Wird ein langes Porträt, hm?«

»Vielleicht ein Buch. ›Vor der Wüste‹, gefällt dir der Titel?«

»Ihr geht mir auf den Nerv«, sagte Assia. »Beide.«

Sie zog sich die Djellabah über den Kopf und setzte sich in T-Shirt und Höschen auf den Liegestuhl. Ich folgte ihr.

Am nächsten Tag verbrachte ich über zehn Stunden in der Galerie. Zuvor trat ich den alle drei Monate fälligen Weg zur Polizeistation an, um meine Arbeitserlaubnis verlängern zu lassen. Nach einer Stunde war ich erlöst und spazierte gutgelaunt zu meiner Galerie.

Hätte Appum mich gesucht, hätte er mit mir reden wollen, so hätte er gewußt, daß er mich hier finden konnte. Er kam nicht. In dieser Nacht zogen Assia und ich unsere Matratzen auf die Terrasse und schliefen draußen. Der Hal war nicht wiedergekommen. Seit ich in Essaouira war, hatte ich das noch nicht erlebt. Die Hitze drückte die Stadt und ihre Bewegungen nieder.

Mit dem Geschmack einer Nacht voller Trockenheit im

Mund, liebten wir uns am nächsten Morgen. Als Besinnungslosigkeit und Taumel immer größer wurden, als ich auf Assia lag und voller Gier und Wut und Geilheit und Liebe und Verlorensein und Betteln um ihre Liebe in sie hineinstieß, keuchte sie: »Geh. Zu. Ihm.«

Am späten Vormittag stand ich vor der Tür zu Jacks Appartements. Diesmal war sie nicht offen. Ich sah mich in der Gasse um. Es war eine Sackgasse, die vor dem Tor des ehemaligen portugiesischen Konsulats endete. Ich war allein. Ich drückte mit der Schulter die Tür auf und stieg die Treppe zu Appums Appartement hinauf. Ich klopfte und rief seinen Namen. Ich drehte am Türknauf. Die Tür war verschlossen. Ich klopfte erneut, die Tür hing nur lose im Rahmen. Ich umgriff den Türknauf mit beiden Händen und drehte ihn mit aller Kraft. Schon beim ersten Versuch sprang das Schloß auf. Ich trat ein und drückte die Tür hinter mir zu.

»Appum?«

Keine Antwort.

»Appum? Sind Sie da?«

Die Fenster waren geschlossen. Auf dem Küchenboden lag eine leere Weinflasche. Ich hob sie auf und stellte sie auf den Tisch. Ich nahm das Nacktfoto von Assia und ging in das Wohnzimmer mit dem angrenzenden Schlafzimmer. Wie beim letzten Mal lagen vor den Fenstern jeweils zwei Kissen. Die Essensreste auf den Tellern wurden von Fliegen umschwirrt. Ich öffnete das Wohnzimmerfenster, setzte mich und legte mir das Foto in den Schoß. Der Hintergrund war neutral, es gab nichts, das sich da abzeichnete, eine graue, konturlose Fläche. Ich drehte den Rahmen um, zog die dünnen Metallschienen heraus und nahm die hintere Pappe ab. Ich steckte das Foto in die Brusttasche und legte den Rahmen zurück.

»Es ist in meiner Wohnung aufgenommen.«

Ich zuckte zusammen und fuhr herum. Da war niemand. Ich sprang auf. Da war niemand.

»Appum. Verdammt.«

»Ich habe es aufgenommen. Nachdem wir Assias Bilder im Flur aufgehängt hatten. Nachdem Katrin ausgezogen war, wissen Sie, ich hatte Ihnen doch von den leeren Wänden erzählt.«

Jetzt sah ich ihn. Er lag auf den Matratzen der niedrigen Zwischenetage und sah zu mir herunter. Eine Hand hing kraftlos über dem Holzvorsprung.

»Mann, Sie hätten mich beinahe umgebracht.«

»Wenn sich hier jemand zu beschweren hat, dann bin ich das. Wie kommen Sie dazu, hier einzudringen?«

»Ich weiß es nicht.«

Appum drehte sich auf den Rücken, er machte irgend etwas mit seinen Händen, als er sich wieder umdrehte, hatte er einen Zigarillo im Mund und stieß den Rauch aus.

»Im Kühlschrank ist noch eine Flasche Wein. Wären Sie so freundlich?«

Ich stampfte in die Küche zurück, zertrat eine Kakerlake und holte den Wein und zwei Gläser.

»Hoffentlich wird mein Sohn durchs Schreiben nicht so wie Sie.«

»Keine Sorge, ich bin ein seltenes Exemplar. Tropenanzug.«

»Das denkt doch jeder von sich. Großkotz. Aber wissen Sie, in den letzten Tagen haben wir über nichts anderes gesprochen als über Täuschungen und verschiedene Blickwinkel. Meinen Sie nicht? Sie hinterhältiger, neugieriger, unmoralischer Möchtegernschriftsteller.«

»Hören Sie doch auf. Lügen und betrügen. Schlafen mit der Frau eines ...«

»Große Welt«, unterbrach er. »Große Welt. Was soll das jetzt?«

Ich entkorkte die Flasche, machte die Gläser voll und reichte Appum eines hinauf.

»Haben Sie sie getroffen? Bei den Kanonen?«

»Das wissen Sie doch ganz genau. Hat sie es Ihnen nicht erzählt? Na ja, sie scheint Ihnen ja nicht immer alles zu erzählen.«

»Arroganter Dreckskerl.«

»Sehr zum Wohle, mon ami.«

Wir tranken, er oben auf dem Bett, ich am Fenster, durch das jetzt ein erster Hauch des ersehnten Hal wehte.

»Sie war sich nicht sicher, ob Sie sie erkannt haben.«

»Habe ich. Ich sagte Ihnen doch, daß ich sie immer erkennen würde.«

Ich wedelte mit dem Zeigefinger.

»Als ich Ihnen empfahl, zu den Kanonen zu gehen, Appum, als ich das sagte, stand Assia im Eingang zur Tunnelgasse. Ihr Blick ist ganz kurz an ihr hängengeblieben, aber Sie haben sie nicht erkannt. Sie haben sie ... nicht ... erkannt.«

»Nehmen Sie das Foto aus Ihrer Hemdtasche und legen Sie es auf den Tisch.«

»Hat Assia Ihnen von den zwei Typen in der U-Bahn erzählt?« fragte ich.

»Was? Ja. Ja, sie hat mal etwas erzählt. So ein paar grüne Jungs.«

»Von wegen, grüne Jungs. Assia war völlig außer sich. Sie war bei Ihnen gewesen, Appum, und ist dann mit der U-Bahn gefahren, wollte ein wenig raus an den Hafen oder so. Und in der U-Bahn saßen ihr dann zwei Jungs gegenüber, ein Türke und ein Deutscher. Sie haben Assia angemacht. Haben gekichert, haben sich zwischen die Beine gegriffen. Als Assia den Platz wechselte, sind sie ihr gefolgt. Assia hat überlegt, früher auszusteigen. Aber sie kennen sie ja. Sie hat das natürlich nicht gemacht. Im Gegenteil, sie wurde immer wütender. So wütend, daß sie sogar daran dachte, es auf einen Kampf mit diesen Typen ankommen zu lassen. Assia kann zuschlagen. Sie hat mir das alles sehr eindringlich erzählt, Appum. Vor Wut darüber, daß sie für diese Jungen ein Sexobjekt war, zogen sich ihre Brustwarzen zusammen. Das hat sie so gesagt. Und diese Jungs sind vollends ausgeklinkt. Sie hätten gejohlt. Hätten sich an die Brust gefaßt. Assia ist zum Glück rechtzeitig ausgestiegen.«

»Ja. Sie hat mir davon erzählt.«

»Sie sind blind und taub, Appum.«

»Wie wird Ihr Roman ausgehen?«

»Weiß ich nicht. Ich habe noch nie einen Roman geschrieben.«

»Haben Sie schon einen Arbeitstitel?«

»Vielleicht ›Assia‹. Vielleicht ›Die Wanderin‹. Vielleicht ›Vor der Wüste.‹ Ich weiß es noch nicht.«

»›Vor der Wüste‹ ist gut.«

Er zeigte auf das Foto.

»Wie geht es ihr?«

»Sie will Sie sehen. Wenn Sie mir die Geschichte zu Ende erzählt haben.«

Er drehte sich wieder auf den Rücken und blies Rauch an die niedrige Decke. Die Wolke strömte sofort zu ihm zurück und hüllte sein Gesicht ein.

Ich setzte mich auf eines der Kissen vor dem Fenster, wandte dem Atlantik den Rücken zu und sah zu Appum hinauf. Er war verschwunden. Er mußte ganz an die Wand gerutscht sein. Alles, was ich von ihm sah, waren Rauchwolken, die sich im stärker werdenden Wind schneller bewegten.

»Ich bin also zu den Kanonen gegangen.« ...

... Er ging über den Moulay Hassan und bog in die Gasse an der Stadtmauer ein. Er wußte, daß Assia zu den Kanonen kommen würde. Er ging die Rue de la Squala hinauf und betrat das Les Alizées. Er trank einen Weißwein und rauchte. Ihm war übel, er schwitzte. Manchmal war ihm, als verlangsamten sich alle Bewegungen um ihn herum. Der Kellner schlich an die Tische, und das Absetzen der Tabletts und Gläser ging vollkommen geräuschlos vor sich. Tadeus zahlte, ging weiter und stieg die Rampe hinauf. Es mußten fast vierzig Kanonen sein, schwere grünschwarze Rohre auf Holzlafetten. Die vorderen Kanonen waren von Liebespaaren besetzt, die auf den Rohren saßen. Tadeus ging die Batterie entlang und sah über die Rohre auf den Atlantik. Kleine Fischerboote dümpelten. Er legte eine Hand auf ein Kanonenrohr, das Metall war warm. Sevilla 1878. Das nächste kam aus Barcelona, dann wieder mehrere Kanonen aus Sevilla. Er fand keine einzige, die in Afrika gefertigt war. Er kletterte auf ein Kanonenrohr und sah zur Rampe. Es gab keinen anderen Weg hier herauf. Assia würde über die Rampe kommen.

Er hob ein Bein über das Kanonenrohr und rutschte weiter vor, die Füße auf der Aussparung der Mauerzinne. Er beugte sich nach vorn und sah an der Mauer hinunter auf die schwarzen und grünen Felsen, über die blank das Wasser schwappte. Instinktiv klammerte er sich mit beiden Händen an das Kanonenrohr, die Felsen begannen sich zu drehen, ganz kurz wurden Tadeus' Armmuskeln weich, er hörte seinen Schrei auf den Stahlstufen des U-Bahnhofes in Hamburg, er fiel, purzelte, hörte das Getrampel der Stiefel hinter sich. Hilfe! Er rutschte vorsichtig zurück, den Blick starr auf das Rohr gerichtet. Mit zitternden Händen zündete er sich einen Zigarillo an. Er lehnte den Rücken an die Innenseite der Zinne. Sein Atem raste. Er wischte sich den Schweiß vom Gesicht. Hatten diese Männer ihm weh getan. Er hatte Assia wegrennen sehen. Die deutsche Frau Müller. Ihre dünnen Beine, ihr wirres Haar. Dann sah er sie. Sie stand am Aufgang der Rampe. Sie trug eine Djellabah, die Kapuze auf dem Kopf. Er stieg von der Kanone und stützte sich am Rohr ab. Es war vollkommen still. Assia bewegte sich nicht. Tadeus kniff die Augen zusammen, aber so angestrengt er auch starrte, er erkannte keinerlei Regung der Figur. Er hatte sie erkannt, ohne sie wirklich sehen zu können. Ein konturloses Gesicht, eine Allerweltsmaske. Wie weit weg sie war. Tadeus streckte die Hand aus. Assia wandte sich um. Eine schnelle Drehung, aus der Kapuze fiel ihr Haar. Tadeus ließ sich zu Boden gleiten und lehnte den Rücken gegen die Steine. Wie schwer es ist, zu atmen. Immer läufst du weg, Assia. Und Paul H.? Was ist mit ihm? Er wird dich auch nicht halten. Bei dem bist du nur, weil er hier ist. Ich, Assia, ich, ich. Am Ende krieg ich dich. Die Menschen lieben das Fremde, hab ich zu dir gesagt. Phantast, sagtest du, Phantast, nur eine ganz kleine Gruppe Menschen liebt das Fremde. Diese Narren, Assia, all diese Narren. Er blinzelte. Die Hitze umfaßte ihn, die Helligkeit schränkte sein Blickfeld ein. Alles dreht sich nur noch um dich, Assia. Die Appum-Welt umschlingt dich. Du kannst ihr nicht entkommen.

Der Mann, den Tadeus mit Paul vor dem Friseurladen getroffen hatte, ging vorbei. Er trug einen Turban und eine Djellabah und eine Sonnenbrille. Er sah Tadeus an und lachte …

… »Werden Sie sie nun heiraten oder nicht?« fragte die Stimme von oben.

»Ja. Natürlich werde ich sie heiraten. Sie wissen ja, Assia hatte die Nase voll von ihrem Nomadentum. Sagte sie. Nichtsdestotrotz war ihr der Gedanke an eine dauerhafte Partnerschaft fremd. Ich glaube, alles Dauerhafte ist ihr fremd. Aber: Sie liebt mich. Wir sind glücklich. Wir sind stark, ich meine, unsere Beziehung ist stark. Sie hält einen Appum aus.«

»Hat Sie Ihnen von mir erzählt?«

»Ja, hat sie. Ein bißchen. Nicht alles, nichts vom Maskensaal.

Nichts von der U-Bahn. Sie sagte, sie habe einen Flirt gehabt. Mehr nicht. Und dann legen Sie mir dieses Foto vor die Nase und fragen mich, ob ich diese Frau kenne.«

»Und, kennen Sie sie?«

»...«

»Sie werden sie nicht halten können, mon ami.« ...

... Vom Museum gingen sie zurück zur Heimhuder Straße. Die Haustür stand offen. Junge Leute mit Umzugskartons in den Armen beluden einen Transporter. Thomas kam aus dem Haus, er trug eine Schreibmaschine.

»Hi!«

Tadeus und Assia gingen die Treppe hinauf. Eine Karawane von Kartonträgern kam ihnen entgegen. Tadeus warf einen Blick in die Wohnung seines Vaters und schloß die Tür zu seiner Wohnung auf.

»Wir müssen hier unbedingt mal vorankommen.«

»Warum?« fragte Assia. »Ich finde, das hat wirklich seinen Reiz. In meiner Wohnung stehen ständig Umzugskartons bereit.«

»Ich dachte, du wolltest kein Nomadentum mehr.«

»Wollen. Können.«

Tadeus ging ins Bad und schloß die Tür hinter sich zu. Er sah in den Spiegel. Er öffnete den Schrank. Tadeus schluckte drei verschiedene Pillen. Ohne nach Assia zu sehen, verließ er die Wohnung und trat in einen warmen, klebrigen Abend hinaus. Er sah hinauf. Er meinte am Wohnzimmerfenster der väterlichen Wohnung jemanden gesehen zu haben, eine Gestalt, die schräg hinter der Scheibe stand und zurückschrak, als er hinaufsah. Aber da konnte niemand mehr sein. Er bog in die Binderstraße ein und schloß, ohne sich umzusehen, die Seitentür des Museums auf. Immer noch standen im Flur die ausrangierten Möbel.

Der Saal für Sonderausstellungen war ausgeräumt. In einem Schaukasten mit von Fingerabdrücken verschmierten Scheiben stand Katrin in einem rosafarbenen Kleid, sie hielt einen Block in der einen und ein Buch in der anderen Hand. Tadeus irrte weiter. ›Un Quartier de Kinshasa‹. Er berührte das Bild mit den Fingerspitzen. Es ist nur ein Bild. Ein naives, technisch sehr einfach gemachtes Bild. In der Halle umfaßte er beidhändig Thilenius' bronzenen Hals und würgte ihn. Afrikasaal, Alt-Ägypten-Kammer, keine Buschtrommeln, keine Hitze, keine Horde lanzentragender Massai. Der Boden neigte sich wie das Deck der Peiho im Sturm vor Neuguinea. Tadeus F. Appum saß in einer Vitrine und hielt ein Flugzeugmodell in der Hand. Assia, in eine dunkle Djellabah gehüllt, senkte den Blick, als er vor ihr stehenblieb.

»Herr Appum?«

Tadeus zuckte zusammen.

»Herr Appum, um Himmels willen, was machen Sie denn hier?« Tadeus wandte sich zu dem Wächter um. Der Mann erschrak. »Mein Gott, was ist denn los? Sie sehen ja furchtbar aus. Wie ... wie kommen Sie hier herein, wenn ich fragen darf?«

Ganz entfernt meinte Tadeus das leise Rauschen eines Flusses zu hören. Eine hölzerne Zielscheibe in Form eines Frauenkörpers trieb den Fluß hinunter, zwei Pfeile in der Brust. Er sah den Wächter an, der sich ihm irritiert entgegenbeugte.

»Warten Sie, ich rufe einen Krankenwagen. Irgend etwas stimmt mit Ihnen nicht.«

»Nein. Nein, bringen Sie mich nur zur Tür. Ich gehe nach Hause.«

»Brauchen Sie irgendwelche Medikamente? Ich meine, jeder hier weiß ja, daß Sie ... Ach, schon gut. Kommen Sie, ich bringe Sie zur Tür. Sind Sie sicher, daß Sie alleine zurechtkommen?«

»Ja. Ja, ich komme zurecht. Danke.«

Um einundzwanzig Uhr betrat Tadeus die Kneipe, in der Thomas arbeitete. Der kam um zweiundzwanzig Uhr.

Er hatte tiefe Augenringe, auf seinem Hemd waren Rotweinflecken. Er stand mit verschränkten Armen hinter der Theke und rauchte eine Zigarette. Seine Kollegin und der Tischkellner zapften Bier und sahen auffordernd zu Thomas hinüber.

An der Tür zu den Toiletten hing ein Plakat, das zu einer Gegendemonstration aufrief. Die DVU versammle sich am kommenden Sonntag auf dem Gänsemarkt, und die gesamte Antifa der Stadt solle dagegenhalten. Irgendwer hatte mit einem dicken Filzstift »Prost« auf das Plakat geschrieben.

Tadeus fand bald eine Frau, der er von Neuguinea erzählte. Als ich in ... Er freute sich über die Aufmerksamkeit der Rothaarigen, die die ganze Zeit lächelte und ihm einmal die Hand auf den Unterarm legte.

»Ich bin beeindruckt«, sagte sie, »nur, bei allem Respekt, die Huli sind Bergvölker, die höchstens dann einmal zum Sepik herunterkommen, wenn es Stammesfehden gibt. Ihre Kenntnisse über Neuguinea erscheinen mir ein wenig historisch. Ich promoviere gerade über dieses Thema.«

»In der Tat?«

»Und einer Ihrer Vorfahren war an der Hamburger Südsee-Expedition beteiligt?«

»O ja. Mein Großvater.

»Und Sie waren dann auch mal dort unten. Quasi zur Nachrecherche?«

»Das könnte man so sagen. Es besteht durchaus Interesse an einer Aufbereitung dieser Expedition.«

»Zweifellos. Der kolonialistische Hintergrund müßte deutlicher aufgearbeitet werden, meinen Sie nicht? Sie sagen, Ihr Großvater hatte während dieser Expedition ein Verhältnis mit einer Frau vom Sepik? Verzeihen Sie, aber ich kann mir das kaum vorstellen. Papier ist geduldig, würden Sie mir da zustimmen?«

»Ja.«

»Die alten Quellen zu deuten ist mitunter sehr schwierig, nicht wahr? Ich möchte mir nicht anmaßen, Ihnen Ratschläge zu erteilen, aber vielleicht sollten Sie ... vorsichtiger sein. Verstehen Sie mich nicht falsch, aber man muß ja kein Ethnologe sein, oder?«

»Nun, das ist Ansichtssache.«

Sie bedankte sich für das »interessante Gespräch« und ging.

Tadeus sah ihr nach und ballte eine Hand zur Faust, die andere lag schlaff neben dem Bierglas. Thomas beugte sich ihm entgegen.

»Mach. Alter, mach einfach.«

»Ach, Junge.«

»Ach, Junge? Was soll das heißen? Ach, Junge? Ich habe dich selten so glücklich gesehen – trotz Opas Tod. Deine blöde Krankheit da, wie heißt die noch?«

»Viszerale Leishmaniose.«

»Na, wie auch immer, deine Krankheit hast du immer stilisiert ...«

»Unsinn«, zischte Tadeus, »ich habe überhaupt niemals darüber geredet.«

»Um so besser. Dann scheiß doch einfach darauf und mach! Erzähl nicht immer nur. Mach!«

»Wenn wir jetzt alleine wären, du Grünschnabel, würde ich dir die Ohren langziehen.«

»Zieh dir selbst die Ohren lang.«

»Mir reicht's.«

Tadeus ging zum Sternschanzen Bahnhof. Ein weißer DAF Lkw hielt an einer roten Ampel. Die Beifahrertür wurde geöffnet, und eine Frau mit vier Kindern kletterte aus dem Wagen. Kinshasa. Sie winkte dem Fahrer und schlug die Tür zu. Der Boden unter Tadeus' Füßen vibrierte, als der Wagen anfuhr.

Zu Hause angekommen, trat Tadeus' die Tür hinter sich zu und starrte direkt in Assias Gesicht.

»Du bist hier?«

»Ich bin gar nicht fortgewesen.«

»Heirate mich.«

»Du siehst furchtbar aus. Wir reden morgen.«

»Wir reden jetzt.«

Sie drehte sich um und verschwand. Tadeus drückte die Klinke zur Schlafzimmertür hinunter. Die Tür war verschlossen. Er legte ein Ohr an das Holz. Nichts, nicht einmal das Rascheln von Bettzeug. Er ging in sein Arbeitszimmer, legte sich auf das Sofa und starrte die Stuckdecke an. Er sprang auf. Er ging in den Flur, trat ein Buch zur Seite und stellte sich vor die Schlafzimmertür. Er breitete die Arme aus, hob das rechte Bein und trat die Tür ein. Das Türblatt schlug nach innen und federte zurück, bis die Tür nur noch einen Spalt offenstand. Tadeus hörte nichts von Assia. Er wandte sich ab und ging ins Arbeitszimmer zurück.

»Ich muß zurück. Ich muß mein Mädchen wiedersehen, ich muß, komme, was wolle. Es ist alles vorbei, das Leben bricht ein, Hamburg ist zum Monstrum geworden, habe nur einmal mit meiner Frau geschlafen, sie wollte mehr, ich wollte weg, weg, weg. Ich weiß nicht, was werden soll. Mein Gott!

Die Peiho ist zweifellos nicht mehr das Schmuckstück, das sie gewesen ist. Aber das ist mir gleich, die Charter ist geringer als bei der ersten Expedition, und die Peiho wird uns nach Neuguinea bringen, den Kaiserin-Augusta-Fluß hinauf. Das ist das Ziel meiner Expedition. Am Ende der 252 Kilometer.

Als Mediziner hätte ich gerne Heinrich Mannlicher mitgenommen. Er war einer der bekanntesten Ärzte hier bei uns in Hamburg. Aber er hat sich umgebracht, hat seine wunderbare Frau Elsa und seine Kinder Theo und Silvia im Stich gelassen. So blieb mir nur dieser Kreuzer. Vogel hat mich kürzlich besucht, er wünschte mir viel Glück. Er erlaubte sich zu fragen, ob ich wirklich wisse, warum ich zurückgehe. Sein Blick hatte etwas Trauriges. Ich sagte ihm, ich glaube es sehr genau zu wissen, wenn er diese etwas unklare Formulierung gestatte. Er saß bei mir im Arbeitszimmer. Ich hatte die Masken auf den Teppich gelegt. Der Boden lebte. Vogel sagte, er habe eine Frau weinen gehört hier in der Wohnung. Ja, sagte ich, meine.
»Mein Gott, Appum, es hat doch keine Zukunft. Außerdem wird es bald Krieg geben, das läßt sich doch nicht mehr abwenden.«
»Sie haben mit all dem recht, mein verehrter Vogel. Ich sollte nicht gehen. Des weiteren ist wegen des Geldmangels die Expedition schlecht ausgestattet. Unsere stolze Peiho soll es in einem Sturm schwer erwischt haben. Sie haben recht, Vogel. Ich sollte das nicht tun.«
Ich sah auf die Masken. Sie lagen dort, wo ich mit meiner Frau gelegen habe. Es war der unerhörteste Akt meines Lebens. Vielleicht, weil ich an eine andere Frau gedacht habe. Vielleicht, weil ich wußte, daß es das letzte Mal sein würde. Vielleicht, weil auch meine Gattin spürte, daß ihr Leben sich von Grund auf ändern wird. Ich weiß es nicht.
»Wissen Sie, wie oft Gerhard Rohlfs gewarnt worden ist?«
Vogel schüttelte den Kopf. Ich winkte ab, »oft«, sagte ich, »sehr, sehr oft.«
»Haben die anderen in jenem Dorf etwas davon mitbekommen, daß Sie und diese Frau ...?«
»Ich weiß es nicht. Ich habe nie darüber nachgedacht.«
»Himmelherrgott, Appum, waren Sie es nicht immer, der uns einbleute, wir sollten ganz genau beobachten. Wir sollten uns selbst rausnehmen, sollten still sein wie ein preußischer Grenadier, dem sich die Garde des Gegners nähert. Am Kaiserin-Augusta-Fluß sind die Verhältnisse nicht tahitianisch. Vielleicht ist diese Frau längst ausgestoßen, vielleicht ist sie

schwer bestraft worden, vielleicht guckt sie Sie nie wieder an. Appum, was ist los mit Ihnen? Wollen Sie wirklich fahren?«

»Ja.«

»Viel Glück, Appum, viel Glück. Ich wünsche Ihnen, daß Sie diese Frau finden, aber ich bezweifle, daß Sie ... Leben Sie wohl, Appum, alter Freund. Leben Sie wohl.«

Thilenius sah mich lange an. Immer wieder strich er sich den Bart.

»Wir würden uns auf Neuguinea beschränken. Den Kaiserin-Augusta-Fluß. Sie wissen, daß ich dort meine Arbeit unvollendet abbrechen mußte. Das gesamte Flußtal ist kulturell ein hochentwickelter Raum. Wir würden dort stationär arbeiten, immer an ein und demselben Ort, Herr Direktor. Sehr zum Wohle unseres Museums, natürlich.«

»Natürlich.«

»Wir werden besser als Bastian und sein Schuppen in Berlin. Hamburg war immer besser als Berlin«, sagt Tadeus' Großvater. Thilenius wendet den Blick ab und sieht aus dem Fenster. Die Wolken bewegen sich schnell. Appum hört den Stoff von Thilenius' Anzug auf den Bezug des Sessels rascheln, als der Direktor sich weit zurücklehnt. Appum wartet auf ein Zeichen, ein tiefes Einatmen, ein Winken aus dem Handgelenk. Auf Thilenius' Schreibtisch liegen die Berichte der Expedition, stämmige Stapel, die nach Meer und Schweiß und Pflanzen riechen.

Weg, weg, weg.

»Ich war in diesem Dorf am Kaiserin-Augusta-Fluß ganz nah dran. Ich hatte nur zu wenig Zeit. Wir können jetzt dort auf der Grundlage meiner Vorarbeit so tiefgehende Forschungsergebnisse erzielen, wie es sie bisher in der Völkerkunde noch nicht gegeben hat.«

»Es wird Krieg geben, Appum, mein alter Freund. Es wird Krieg geben.«

»Sollen die sich doch die Köpfe einschlagen. Herrgott.«

Es wird dunkel im Zimmer. Die beiden Männer schweigen.

»Wir fahren los, wir fahren los, wir fahren los! Bei Kaiser, Gott und Vaterland, Thilenius hat es geschafft! Wir fahren die Elbe hinunter. Meine Frau war nicht da, um zu winken. Es waren ohnehin nur recht wenige Menschen da.«

»Die schrecklichsten Dinge in einfachen Worten darstellen«, hatte Tadeus' Vater gesagt. »Das ist für mich einer der größten Beweise schriftstellerischen Könnens. Dein Großvater konnte das. Vielleicht hat Thomas das von ihm. Seltsame Vorstellung, daß in den Appums eine künstlerische Ader stecken könnte.«

»Und das hier?« fragte Tadeus. Er zog einen kopierten Brief von Thilenius vom Schreibtisch.

»Thilenius verfügte darin, daß die während der Expedition vorgefundenen Kulturen auszuplündern seien.«

»Ach Junge«, sagte sein Vater.

»Durch diesen Raub«, sagte Tadeus, »sollte sichergestellt werden, daß jeder Wissenschaftler, der über diese Kulturen forschen wollte, nach Hamburg kommen müsse. In einem seiner Bittbriefe zur Finanzierung der Expedition schrieb Thilenius: ›... daß nach der Ausbeutung für das Museum eine Wiederherstellung des früheren Kulturbesitzes ausgeschlossen bleibt.‹

»Ach, Junge. Strategien. Worte. Das ist so unwichtig.«

»Unwichtig? Oder ist das die Überschrift der Hamburger Südsee-Expedition?«

»Unwichtig, Junge. Reine Formalitäten. Überredungsmuster, um die Expedition losschicken zu können. Laß dich von so etwas nicht blenden.

Vaters Tagebücher von der zweiten Expedition sind größtenteils verschwunden oder zerstört. Es gibt da eine ganze Menge Lücken. Allzu viel Persönliches hat er nicht aufgeschrieben, weil die Tagebücher am Ende der Reise eingesammelt und an Thilenius geschickt wurden. Die Hefte, die wir vorliegen haben, hat mein Vater am Ende der ersten Fahrt von Bord der Peiho geschmuggelt. Er hat neben den offiziellen Aufzeichnungen ein Tagebuch geschrieben. Ganz ähnlich war es auch bei der zweiten Reise. Vater soll die Sprache der Menschen am Sepik nachher recht ordentlich gesprochen haben, weigerte sich aber, als Dolmetscher zu fungieren. Er gab vor, keine Zeit zu haben. Er hat sogar versucht, allein in dem Dorf zu bleiben und die anderen mit der Peiho erneut den Fluß hinaufzuschicken. Aber das klappte erst, nachdem er Richard III enorme Zugeständnisse gemacht hatte. Ich sage ja, er war offensichtlich keine Autorität – jedenfalls nicht für die Leute, die er da in Windeseile ausgesucht und mitgenommen hatte in die Südsee. Und jetzt also die Briefe von Eugen Fastmann, von denen ich dir erzählt habe.«

Fricourt an der Ancre, 28. Juni 1916

Liebe Therese!
Ich habe heute einen Mann erschossen, vielleicht gar zwei oder drei. Es war ein Sturmangriff. Und obwohl der Boden hier so weich ist von Feuchtigkeit und all den Granaten, die ihn immer wieder umpflügen, ihn zur Wüste machen, trotz alledem hört man das Getrampel der Stiefel, wenn der Feind naht, wenn diese Männer heranhasten und schreien und auf uns schießen und Angst haben, getroffen zu werden und sterben zu müssen. Dieses Getrampel geht mir nicht aus dem Kopf. Es ist ständig in mir.
Du weißt, meine Geliebte, daß ich das alles schon einmal erlebt habe. Ich habe Dir nie erzählt, was damals im Busch geschehen ist. Ich wollte, ich könnte es rückgängig machen. Dein Mann ist kein Held, Therese, das mußt du wissen, meine Liebe. Vor einer Stunde hat feindliches Trommelfeuer auf unsere Gräben begonnen.
....
....
....
....
.....
Es ist so unbegreiflich. Ich weiß einfach nicht, wie es zu all dem kommen konnte. Es war heiß, es war unsagbar hell, so hell, wie es in unserem schönen Hamburg niemals ist, es roch

alles anders, die Haut war uns immer feucht. Es wurde zu viel getrunken. Meine geliebte kleine Therese, wie gern ich jetzt an Deiner Seite wäre. Die Welt wird in Stücke gerissen. Was wird nur sein, wenn wir uns niemals wiedersehen? Appum hat seine Frau nie wiedergesehen.

....
....
....
....
.....

Man kann dann nicht wegsehen. Die Augen verselbständigen sich. Ich spürte den Dschungel um mich herum, die tarnenden Blätter auf meiner Haut.

Mein Gott, Therese, sie trugen Masken.

Von Hongkong aus dampft die Peiho nach Palau. Appum berichtet, daß sich einige der Beamten und Händler dort sehr freuen, ihn wiederzusehen. Von Palau aus schlägt die Expedition Ostkurs nach Rabaul ein und nimmt dort einen Kartographen der Hapag Lloyd an Bord. Von Rabaul aus wird strikter Westkurs zur Mündung des Kaiserin-Augusta-Flusses eingeschlagen.

Ich stehe am Bug der Peiho und warte darauf, daß die Silhouette Neuguineas am Horizont auftaucht. Die Stimmung an Bord ist erstaunlich gut, Inseln und Meer machen es einem leicht, sich wohlzufühlen. Aber es geht an Bord nicht sehr... redlich zu. Kreuzer entpuppt sich mehr und mehr als Großmaul und Nationalist. Seiner Meinung nach zeigt sich schon nach unseren beiden Zwischenstops endgültig, daß die europäische Kultur die überlegene ist. Ich sagte daraufhin nur, man müsse ganz genau beobachten, ganz genau. Was es hier schon zu beobachten gebe, fragte er.

Aber auf seltsame Weise berührt mich das alles nicht, es trifft mich nicht im Innersten. Ich...

Ich schlage vor, wir halten es wie bei der erfolgreichen Südsee-Expedition der letzten Jahre, meine Herren: 5.30 Wecken, 6.00 gemeinsames Frühstück, 6.30 Abfahrt von Bord, 7.00 bis 11.00 Arbeit an Land, 11.00 bis 14.00 Siesta und Mahlzeit an Bord, 14.00 bis 18.00 Arbeit an Land, dann Rückkehr an Bord, um 19.00 Abendmahlzeit und ab 22.00 Ruhe an Bord. Wir werden allerdings auch stationär arbeiten, einzeln und in

Gruppen. Ich werde allein in dem Dorf bleiben, in dem ich beim letzten Mal zu arbeiten begonnen habe. Im 252-Kilometer-Dorf.
Erst mal sehen, sagt Richard III.
Der Kern Ihrer Aussage liegt in dem Wort Sehen, sagt Fastmann. Ich stimme ihm zu, sage, die Männer sollten sich überraschen lassen von der Fülle der Uferlandschaft. Allem voran gelte es, Ruhe zu bewahren, wenn sich bewaffnete Krieger näherten. Wir sollten nicht vergessen, daß die Peiho schon oft für ein Kriegsschiff gehalten worden sei. Unsere Aufgabe sei es unter anderem, diesem Eindruck entgegenzuwirken.
»Warum?« fragte Richard III, es sei doch gut, klare Positionen zu beziehen. Die Marinesoldaten auf der Planet im Simpsonhafen hätten sich doch bei der ersten Expedition schon darauf gefreut, eine Strafexpedition zu starten, als Gerüchte umgingen, die Peiho sei angegriffen worden.
»Meine Herren, meine Herren, ich möchte bei dieser Expedition keine Waffen sehen. Aber ...«
Die Diskussion ist lang und heftig.

Ausgerechnet Kreuzer, ausgerechnet Richard III, ist es, der plötzlich das Wort von demokratischen Bestrebungen im Munde führt und vorschlägt, wir sollten über solch grundlegende Anliegen doch abstimmen. Ein Mann wie ich hätte doch sicher nichts dagegen. Also stimmen wir ab. Das Ergebnis ist eindeutig. Ich bin in der Tat der einzige, der gegen die Ausgabe von Waffen stimmt. Selbst Fastmann, dieser verträumte, sympathische Junge, ist für das Tragen eines Revolvers.

Ich gehe auf die Brücke und rede mit dem Kapitän. Ob wir die Insel nicht längst gesichtet haben müßten. Schlechte Sicht, sagt der Kapitän, der Horizont sei diesig, auch wenn die Sonne scheint. Wie lange er schon in diesen Gegenden hier fahre? Sieben Jahre. Aber er sei verdammt froh, bald nach Deutschland zurückzukehren, Krieg hin oder her, er habe es satt. Er wolle nach Hause.

In meiner Kabine sehe ich das Foto an. Sie war zu mir gekommen in der Nacht. Sie ist nicht schön, sie ist nicht elegant, nicht gebildet – nach unseren Maßstäben. Mit ihr habe ich die alte Welt verlassen. Jetzt weiß ich nicht, wo ich bin. Ich rieche das Meer. Ich bin in der Sonne. Habe ich meine Wurzeln gekappt?
Anthropologen, Linguisten und Ethnologen haben mit ihrer Arbeit begonnen.
Werde ich wieder zu fliehen versuchen? Werde ich bleiben? Ich vermisse den Sack mit den Masken. Abends im Spiegel sehe ich immer nur mein eines Gesicht. Ich könnte mir vorstellen, daß meine Augen auf andere ein wenig traurig wirken, ich könnte mir vorstellen, daß meine noch schmaler gewordenen Wangen mich krank erscheinen lassen.

Wir nähern uns unserem Ziel.
Wir sind bald da.

Um fünf Uhr früh kam Assia ins Arbeitszimmer und setzte sich zu ihm.

Tadeus sah, daß sie geweint hatte.

»Warum hast du abgeschlossen?«

»Das Zimmer, in dem ich schlafe, ist mein Zimmer. Egal wo.«

Sie drehte ihm den Rücken zu.

»Ich steck dich in eine Vitrine. Ich konserviere dich. Ich schreibe einen tausendseitigen Katalog über dich.«

»Nichts dergleichen tust du. Gar nichts, Tadeus. Gar nichts.« Er betrachtete ihren Rücken.

»Allein wirst du nicht glücklich, Assia. Du brauchst mich. Du weißt das nur noch nicht. Dein Umherirren muß ein Ende haben.«

»Was du Umherirren nennst, nenne ich Leben.«

Tadeus ging ins Wohnzimmer. Zwischen Kisten und Büchern und abgestellten Möbeln machte er sich ein Lager aus Kissen. An der Wand gegenüber lehnte das metergroße Bild des Ziegenkopfes. Elephantine, die Insel im Nil, der Botanische Garten dort, angelegt von Lord Kitchener, Tadeus hatte es nicht bis dorthin geschafft. Der Boden schwankte unter ihm. Er wischte sich die Tränen aus den Augen.

Wir nähern uns der dunklen Küste. Dr. Reche war so freundlich, mir seine gesamten Aufzeichnungen von der ersten Befahrung des Kaiserin-Augusta-Flusses auszuleihen. Ich habe mir in Hamburg die wichtigsten Passagen abschreiben lassen und führe Reches Wörter als eine Art Paralleltext zu meinem Tagebuch mit. Schon während der großen Expedition hatte ich ja entdeckt, daß in mir eine seltsame Lust am Schreiben aufgekommen war. In Hamburg hab ich viel niedergeschrieben, um die Reise zu dokumentieren. Thilenius ist maßlos begeistert. Der sonst so distinguierte Mann war sichtlich aufgeregt, als wir ihm nach und nach Tausende von Seiten vorlegten, die jetzt in jahrelanger Kleinarbeit ediert werden müssen. Wer schreiben will, braucht Augen. Auch ein Völkerkundler ist zuallererst auf seine Augen angewiesen. Erst danach transformieren die Wörter das Gesehene. Und spätestens dann stellt sich heraus, daß jeder Mensch etwas anderes darin sieht, wenn wir auch ein und denselben Gegenstand betrachten. Wer Wörter benutzt, erzählt Geschichten, auch wenn seine Sprache streng wissenschaftlich klingt.

Ich sehe eine knorrige, graue Küste. Den Fluß, in den ich hineinmuß, sehe ich nicht.
Reche beschrieb das folgendermaßen:

»Nähert man sich, von See kommend, der Mündung des Kaiserin-Augusta-Flusses, so ist diese trotz ihrer Breite nicht so leicht von weitem zu erkennen, da der Strom dicht vor der Mündung eine Biegung macht und so mit seinem bewaldeten linken Ufer den Horizonteinschnitt verdeckt.«

Aber bitte, soll er sich verstecken. Der Kapitän kennt die Gewässer, die Peiho wird eine große Kurve nehmen und dann eintauchen in das Land, und würden wir wiederum beobachtet werden, so sähe es für den Beobachter aus, als fahre das Schiff schnurstracks in die Wälder hinein.

Richard III lacht viel. Er freut sich auf das Zusammentreffen mit den Eingeborenen wie auf ein Biergelage am Hamburger Hafen. Wie konnte ich nur auf diesen Mann verfallen? Er ist völlig ohne jedes Gespür für die Situation. Sollte es noch einmal zu kämpferischen Zwischenfällen kommen, wird er wild drauflosschießen. Ich habe mehrmals versucht, mit ihm zu reden. Er sagt, es sei doch alles in Ordnung, worüber ich mich sorge.
Und der Kapitän und sein erster Offizier? Nun, der Kapitän will zurück, denkt bereits an den Ruhestand, und wenn er nicht an den Ruhestand denkt, dann denkt er an den Krieg. Und immer an das Deutsche Reich. Jedenfalls wird der Kapitän, wie es schon die Schiffsoffiziere bei der ersten Reise getan haben, sicherlich versuchen, uns im Kaufen und Sammeln zu überbieten, um zu Hause Kapital aus seinem Kuriositätenkabinett zu schlagen.

Aber vielleicht kann mir das auch alles ganz gleich sein.
Die wissenschaftliche Karriere der anderen wird durch diese Expedition womöglich gebremst, aber bitte, das ist der Preis, den sie zahlen müssen, den sie mir zahlen müssen, dafür, daß ich sie mitgenommen habe in die Südsee. Sollen sie etwas daraus machen. Sollen sie schreiben. Menschen interessieren sich für das Fremde am ehesten, wenn es zwischen zwei Buchdeckel gebannt ist. Dabei gibt es doch nichts Schöneres! Dunkel und leer wird es auf der Welt, wenn uns nichts mehr fremd ist. Wenn es keine Fremden mehr gibt.
Mädchen, ich komme, ich komme.

Sagosümpfe, Urwald. Dichter Nebel. Der Kapitän läßt beidrehen. Ich frage, ob wir es nicht doch versuchen könnten. Er weigert sich, er habe das Kommando. Richard III steht bei ihm und nickt.

Ich gehe in meine Kabine. So, wie die Peiho jetzt vor der Küste liegt, geht mein Fenster zum Meer hinaus. Ich kann die Insel nicht sehen.

Fricourt an der Ancre, 29. Juni 1916

Liebe Therese!
Zu was ist eine Handlung nutze, wenn sie zu spät erfolgt? Appum hatte seine Leute nicht im Griff. Das Schiff war das reinste Irrenhaus. Ein Irrenhaus von nicht weniger Gewalttätigkeit als der, die hier in den Gräben herrscht. Auch gestern kamen sie wieder. Das Trommelfeuer setzte kurz aus. Sie schickten einen Stoßtrupp. Was nützte es, wenn ich vorbeischösse?

....
....
....
....

Ein Mann kann hier nicht anständig bleiben. Es gibt jetzt nur noch ein Ziel, und dieses Ziel ist weit entfernt von Kaiser, von Generalität, von Vaterland. Das Ziel bist du, Liebste. Dieser Krieg hier ist meine Expedition, so wie der Kaiserin-Augusta-Fluß Appums Expedition war. Es ist eine schreckliche Ironie des Schicksals, daß Appums und mein Ziel dasselbe ist.

....
....
....

Dabei hätte es doch traumhaft sein können. Ganz gleich, wie viele vor mir das schon getan haben, es wäre so wunderbar gewesen, als Expeditionsmaler und Photograph in der Südsee zu sein.

Aber was habe ich malen müssen, Therese, was habe ich mitansehen müssen? Es ist zu entsetzlich, aber die Bilder in meinem Kopf zwingen mich, Dir von diesem Entsetzlichen zu berichten.

Ich weiß es nicht mehr genau, aber ab dem zweiten oder dritten Mann, der über die Frau stieg, bewegte sie sich nicht mehr. Sie lag am Boden, sie ... sie wurde nur noch bewegt von den Stößen der Männer.

Endlich biegen wir in den Fluß ein. Mein bester Freund hier ist das Schiff, meine Peiho. Der Gerechtigkeit halber muß ich noch Fastmann erwähnen, Eugen. Ein guter Junge, nicht gemacht für die von Menschen geschaffenen Härten der Welt, fürchte ich, aber deshalb um so sympathischer.

Die Dörfer, die wir auch beim ersten Mal passierten, liegen in ihrer waldigen Ruhe und Hitze. Kerker, Komanis, Watan, Garpok etc. Aber mein Dorf hat keinen Namen, jedenfalls haben wir nie einen erfahren. Mein Dorf ist das 252-Kilometer-Dorf.

Ich kann wenigstens eine Gruppe von zwei Leuten bewegen, stationär in Karau zu arbeiten. Der Rest der Leute will bei mir bleiben, schließlich, sagt Richard III, sei ich der Leiter der Expedition und sicherlich fände sich die interessanteste Arbeit in meiner Nähe. Ich wiederhole noch einmal, daß es gut wäre, ich bliebe allein im 252-Kilometer-Dorf, weil man mich dort kenne und ich ein gewisses Vertrauen genieße. Dagegen hat dann auch Richard III nichts, solange die Peiho vor dem Dorf liegen bleibe und ich jederzeit erreichbar sei. Ganz unverhohlen spricht er den Vorwurf aus, daß das Gerücht umgehe, ich wolle mich bereichern, ich wolle die anderen ausstechen und als der große Leiter der Expedition nach Hause zurückkehren.

Es kommt zum offenen Streit.

Herrgott, ich hab keine Lust auf all das. Die Schiffsoffiziere stehen lächelnd dabei. Sie haben bereits in Kerker eine eigene Truppe an Land geschickt, während ich mit meinen Leuten besprach, wie man sich verhalten solle, wenn man hier wieder auf Einheimische trifft. Dieses Gespräch war unerfreulich wie immer.

Wir machen unsere Arbeit. Wir gewinnen keine Erkenntnisse, die denen der ersten Expedition etwas hinzufügen könnten. Erst Kilometer 97. Ich fiebere ebenso wie die Landschaft.
Wir fahren weiter. Dampfen gegen den zähen braungrünen Fluß an, der seine Schlammassen dem Meer entgegenwälzt. Von den Ufern wuchert es über das Wasser, als wolle der Wald den Fluß verschlingen. Es gibt zahlreiche Seitenarme des Kaiserin-Augusta-Flusses, nur sehen kann man sie nicht.

Abends in meiner Kabine lese ich mit Erstaunen in Reches Bericht. Ich erinnere mich gut daran, wie auch ich über die Moskitoplage geschrieben habe und darüber, daß diese den Einheimischen – in meinen Augen – nichts anzuhaben schien. Dr. Reche aber schreibt:

»Während des Tages und am Abend, bevor man in die Schlafsäcke schlüpft, wehrt man sich durch Schlagen und Wedeln mit Fächern und kleinen nur zu diesem Zwecke hergestellten Besen gegen die Moskitos; besonders die letzteren sah man überall am Flusse sehr häufig, man schlug sich damit auch gegenseitig die am Körper sitzenden Mücken tot; erwähnt werden sie bereits von Friederich (1909, S. 335), der sie auch in den an der Mündungslagune gelegenen Dörfern traf. Daß diese Wedel in unserem Gebiet als ›Würdezeichen‹ benutzt werden, wie Gräbner (1909, S. 747) von einem von der Mündung des Ramu stammenden Exemplar berichtet, halte ich für ausgeschlossen; was wir an Wedeln zu sehen bekamen, waren ausschließlich Gebrauchsgegenstände.«
Darüber würden sich nun wohl Generationen von Wissenschaftlern die Köpfe zerbrechen: welche Funktion hatten diese Wedel?
Ich habe sie überhaupt nicht gesehen. Nur immer diese Moskitos und Kakerlaken.

Wir sind jetzt bei Kilometer 152. Noch hundert Kilometer. Sie wartet auf mich. Sie wartet.

Sie gingen die Treppe hinunter. Es war Abend geworden. Sie hatten den Tag schweigend in der Wohnung verbracht.

Assia trug ein ärmelloses Kleid, und Tadeus fuhr über ihre Arme, als wolle er die Luft von ihrer Haut streichen.

»Wenn Amors Pfeil Männer meistens in den Schwanz trifft«, sagte Tadeus, »wohin trifft er dann die Frauen?«

»Amor ist kein Dummkopf. Er weiß genau, daß ein Pfeil für Frauen nicht reicht. Auf Frauen schießt er zwei ab. Der eine trifft die Frau ins Herz, und der andere trifft ihre Scham. Zwei Pfeile eben.«

Sie gingen an der Seitenfront des Museums vorbei. Tadeus fingerte nach dem Schlüssel. Assia zog ihn weiter.

»Zum Hafen«, sagte sie, »zum Hafen, Tadeus. Nicht ins Museum. Wir müssen reden.«

»Eine kleine Runde?«

»Nein.«

Er umarmte sie.

»Ich liebe dich«, sagte er.

»Ja«, sagte sie.

Sie durchquerten den Dammtorbahnhof, gingen über die Brücke und stiegen die Treppe zur U-Bahn hinab. Kaum waren sie auf dem Bahnsteig, spürten sie den warmen, schlechten Wind als Vorboten des Zuges. Die Türen zischten. Sie stiegen ein. Die Türen verriegelten sich automatisch und der Zug fuhr aus dem Licht des U-Bahnhofes ins Dunkel des Tunnels. Erst jetzt bemerkte Tadeus die vier Männer auf der Kopfbank des Abteils. Glatzen, Bomberjacken, Springerstiefel. Sie tranken Bier aus Dosen.

In seiner Hosentasche fühlte Tadeus das warme Metall des Schlüsselbundes. Assia hielt sich mit der Linken an einer Haltestange fest, den Arm erhoben. Sie starrte die Männer an.

An der nächsten Haltestelle wartete eine Gruppe junger

Leute. Tadeus hoffte, sie würden in ihren Wagen steigen, aber sie nahmen einen anderen.

»Beim nächsten Stop steigen wir aus«, sagte er.

»Nein«, sagte Assia.

Wieso kann ein Mensch wie ich sich solche Ungeheuerlichkeiten nicht vorstellen? Ich war über meiner Schreibarbeit eingeschlafen und wurde wach, weil ich ein seltsames Geräusch an Deck vernahm. Als fiele ein Ball auf die Planken. Immer wieder. Ich ging an Deck. Da stand Richard III mit seinen Gesellen und schoß mit Pfeil und Bogen auf eine Zielscheibe am Heck der Peiho. Die Zielscheibe hatte die Form eines Frauenkörpers und war dunkel angemalt. Bei Treffern in die Brust setzte großes Gejohle ein. Ich sagte nichts, ging zum Heck und kippte die Zielscheibe über Bord. Ich sah den flachen Körper davontreiben. In ihm steckten zwei Pfeile. Ich gab Richard III eine Ohrfeige. Ich rechnete damit, daß er sofort und wesentlich brutaler zurückschlagen würde, aber er lächelte mich an. Aus den Augenwinkeln sah ich Fastmann mit Skizzenblock an der Reling stehen. Ich überlegte, Richard III von der Expedition auszuschließen und in seiner Kabine in Gewahrsam nehmen zu lassen. Aber erstens befürchtete ich, daß die meisten der anderen sich dagegen auflehnen würden, und zweitens hatte er, so würde es dargestellt werden, nichts weiter getan, als seine ohnehin reichliche Freizeit mit Bogenschießen zu verbringen.

Ich spürte den Zorn der Besatzung, und vielleicht bildete ich es mir ein, aber die Männer kamen plötzlich sehr nahe. Das Kielwasser der Peiho war furchtbar laut. In meiner Angst und Wut begann ich zu dozieren: ich hielt einen Vortrag über das Selbstverständnis des Völkerkundlers und das diesem angemessene Benehmen bei der Ausführung seiner Arbeit. Ich redete von Zurückhaltung bis zur Selbstaufgabe, von Beobachtung und der Ruhe der Augen. Sie kamen immer näher. In diesem Moment meldete der Kapitän ein Dorf steuerbord voraus. Es mußte das 232-Kilometer-Dorf sein.

Nach der Arbeit an Land sind wir wieder an Bord. Ich bin in meiner

Kabine. Ich habe Angst. Es ist mir peinlich und ich schäme mich vor mir, aber jetzt, da es so weit gekommen ist, denke ich zum ersten Mal wieder an meine Frau in Hamburg. Ich frage mich, was ich ihr angetan habe, ich frage mich, wie es ihr gehen mag, ob sie unseren Freunden davon erzählt, daß ich sie nicht mehr will. Ich frage mich, ob es für sie nicht das Beste wäre, ich stürbe hier – dann hätte sie die Freiheit, sich eine in ihr Leben passende Geschichte zu erdenken. Welch gute Jahre hatte ich mit dieser Frau.

Ich ließ Fastmann in meine Kabine rufen. Er blieb schüchtern in der Tür stehen …

Fricourt an der Ancre, 30. Juni 1916

Liebe Therese!
Ich erinnere mich noch gut daran, als Appum mich in seine Kabine rufen ließ. Es war – aber das wurde mir erst viel später klar – es war, als hätte er geahnt, daß das alles nicht gutgehen, daß das alles in einer Katastrophe enden würde.
Todesahnungen sind etwas, das uns hier an der Front immer vertrauter, immer selbstverständlicher wird. Es gab Kameraden, die wußten tatsächlich, daß sie den nächsten Angriff nicht überleben würden. Kannst du dir das vorstellen?
....
....
....
....
.....
Halten Sie die Augen offen, sagte er. Die Augen seien das zentrale Werkzeug des Völkerkundlers. Weißt Du, was ich hier alles sehen muß?
....
....
....
.....
Und dann zeigte er mir, wo er seine Tagebücher versteckte, wie er die Masken, die er gesammelt hatte, kennzeichnete, und wie er die wissenschaftlichen Aufzeichnungen geordnet

haben wollte. Er sagte mir, er wolle, daß ich seine Sachen an mich nähme, wenn er ›umkommen‹ oder ›verschwinden‹ sollte. Das waren seine Worte. Er saß zurückgelehnt in seinem Stuhl, das Haar verschwitzt und zerzaust, die Augen traurig und leer, das Hemd durch und durch fleckig. Wer dachte jetzt noch daran, daß allein auf sein Betreiben hin diese Expedition zustande gekommen war? Und dann sagte er, daß zurückhaltende Menschen wie ich oft eine unglaubliche Widerstandsfähigkeit entwickeln könnten. Daß die Stillen oft viel zäher seien als die Großmäuler. Sollte ihm etwas zustoßen, dann solle ich nur auf mich achten, solle mir treu bleiben, was immer auch geschehe. Er bot mir eine Zigarre an. Wir saßen da und rauchten und unter dem Fenster rauschte der Kaiserin-Augusta-Fluß. Dann tat Appum etwas, das mich zum ersten Mal an seiner Zurechnungsfähigkeit zweifeln ließ. Er setzte sich eine Maske auf, eine der Masken, die er hier am Fluß erstanden hatte. Er war ganz ruhig. Er setzte sich diese Maske auf und nahm wieder Platz. Appum griff in die Schublade unter dem Tisch und legte seinen Revolver vor mich, dazu einige Patronen.

»Bringen Sie meine Aufzeichnungen nach Deutschland zurück«, sagte das Wesen. Dabei bewegte sich die Maske ein wenig nach rechts. Mein Gott, Therese, was war das nur alles, wo waren wir? War das die Wirklichkeit?

So jedenfalls ist dieser Krieg für mich nicht die erste ... Gelegenheit? Geliebte, verzeih mir diese fürchterliche Handschrift. Aber hier bebt die Erde. Es hört nicht auf, meine Therese, es hört nicht auf.

Da stand sie. Wir waren gegen Mittag im 252-Kilometer-Dorf angekommen, Richard III und Fastmann wichen nicht von meiner Seite. Ich wurde recht freundlich begrüßt, man erinnerte sich an mich. Der Dorfälteste schien nicht mehr zu leben. Die Hütte, in der ich einige Tage verbracht hatte und in der ich ... Diese Hütte wurde jetzt von einer Familie bewohnt.
Die Frau stand inmitten der Dorfgemeinschaft. Ein Mann hielt ihre Hand. Mein Mädchen war nackt bis auf einen Lendenschurz. Ihr harter brauner Körper war von Staub bedeckt, ihr Blick hatte diese seltsame Frechheit, dieses Herausfordernde, das meine Sinne so verwirrt hatte. Ich wollte mir die Kleider vom Leib reißen und mich auf sie stürzen, wollte sie auf und unter mir spüren, wollte sie, wollte, wollte, wollte.

Wir arbeiten. Die anderen sind bei mir im Dorf, messen, dokumentieren, zeichnen. Ich schlage noch einmal vor, daß sie den Fluß hinabfahren sollen und mich in zwei Wochen wieder an Bord nehmen. Ich biete sogar Richard III die Leitung der Expedition in meiner Abwesenheit an. Und siehe da, dieses Argument zieht. Richard III jedenfalls sieht aus wie ein Mann, den das Nachdenken sehr anstrengt.«

Die vier Männer saßen breitbeinig. Auf ihren Glatzen glänzte das Spiegelbild der Waggonbeleuchtung. Tadeus sah ihnen nacheinander in die Augen. Ihre Blicke hatten ein klares Ziel. Da gab es keinen Zweifel. Wieviel einfacher ist es, frei von Zweifel zu sein. Nicht-Denken-Müssen. Schwarz und Weiß. Gut und Schlecht. Heimat ist gut. Fremde sind schlecht. Tadeus drehte sich zu Assia um, kehrte den Männern den Rücken zu und versperrte Assia den Blick. Er starrte ihre Achsel an.

»An der nächsten Haltestelle steigen wir aus«, sagte er.

»Nein, wir steigen am Baumwall aus, so wie wir es geplant haben.«

»Assia, die sind zu viert. Die warten nur auf einen Anlaß –«

»Tadeus. Geschichtenerzähler.« Sie streichelte kurz seine Wange. Die vier Männer johlten.

»Du hast recht und unrecht«, sagte sie. »Aber wohin soll es führen, wenn wir uns von diesen Idioten vorschreiben lassen, was wir tun sollen? Wir steigen am Baumwall aus. Wie geplant.«

Sein Magen verkrampfte sich. Ihm war, als verkürzten sich seine Nackenmuskeln. Eine Pistole, dachte er, oder wenigstens ein Fläschchen mit Reizgas. Aber in seiner Hosentasche war nur der Museumsschlüssel.

Die Bahn hielt. Die Türen öffneten sich, ein älteres Paar und zwei junge Männer mit Discmen auf den Ohren kamen herein. Alle setzten sich mit dem Rücken zu der Bank, auf der die vier Männer saßen. Die Türen gingen zu. Tadeus hörte seinen Atem. Assia starrte auf seine Brust, als könne sie durch sie hindurch auf die Männer sehen. Sie war eine wütende deutsche Ausländerin in Deutschland.

Die U-Bahn verließ den Tunnel. Wenig später hielt sie am Rödingsmarkt, wo die beiden jungen Männer ausstiegen. Die Kräne am Hafen staken in den Himmel. Die Bahn hielt. Die Türen gingen auf. Tadeus und Assia verließen den Waggon.

Tadeus sah, daß die vier Männer aufstanden.

»Lauf«, sagte er. Er hörte sich selbst, er wunderte sich, wie ruhig und bestimmend er das sagte. Und Assia rannte tatsächlich los. Tadeus hörte das Trampeln der Stiefel, dann rannte er. Assias Zopf löste sich, so schnell hatte er sie noch nie fortlaufen sehen.

Einmal ging ich ihr nach. Sie verließ das Dorf und folgte einem Pfad in den Dschungel hinein in Richtung des Sees, der einige hundert Meter westlich des Dorfes liegt. Ich folgte ihr in sicherem Abstand. Ich sah ihren nackten, harten Rücken. Blätter und Ranken schlossen sich hinter ihr wieder. Als ich den See erreichte, war sie fort.

Ich beobachtete einige Männer beim Herstellen einer Maske, wie sie, soweit ich es bisher eruieren konnte, bei Nachttanzzeremonien getragen wird. Die Männer fällen einen mir unbekannten Baum und ziehen ihm unter Zuhilfenahme von Hausmessern die Rinde ab. Sie separieren die unter der äußeren Rinde befindliche Schicht, die mit Wasser angefeuchtet wird und eine Art hellen Stoff ergibt. Dann wird aus Ästen, die über einem Feuer erwärmt werden, ein Gerüst gebogen, das dem Gesicht des auserwählten Maskenträgers angepaßt wird. Mit Lianen werden die einzelnen Hölzer verbunden. Diese Rohform wird jetzt mit Blättern umwickelt und anschließend der Rindenstoff kunstvoll aufgezogen. Der Kopf des so entstehenden Wesens wird hoch über dem Kopf des Maskenträgers sein, er wird tellergroße Augen haben und einen gierigen Schnabel. Wenn der Stoff getrocknet ist, wird die Maske bemalt. Das alles geht mit ruhiger Konzentration, aber auch mit unverkennbarer Freude an diesem Tun vonstatten. Der Maskenträger probiert die Maske. Vor mir steht ein furchteinflößendes Wesen in den Schlingen des Dschungels. Der Mensch verliert sich vollends in und hinter solch einer Maske.

Fricourt an der Ancre, 1. Juli 1916

Liebe Therese!
Sie haben gewütet. Die Schiffsoffiziere und die sogenannten Wissenschaftler unter der Führung von Kreuzer. Sie fühlten sich frei, unbeobachtet, ihre Barbarei hat sie ganz geil werden lassen. Sie haben gestohlen, geschlagen und vergewaltigt. Wir sind angegriffen worden und haben geschossen. Es war ein Taumel, feucht, heiß, nebelig, sie waren völlig von Sinnen. Es war so schlimm wie das hier.
....
....
....
....
Es ist während der Rückfahrt nie ausgesprochen worden, aber Appums Ende war beschlossene Sache. Wir wußten, daß Eingeborene uns in Kanus folgten, wir wußten, daß Boten durch die Wälder am Flußufer hetzten, um Nachricht von uns zu überbringen. Kreuzer und seine Leute haben mich offen bedroht, es gehöre nicht viel dazu, sagten sie, mir die Hände zu binden und mich über Bord zu werfen.
Und ich wußte, wozu diese Männer fähig waren.
....
....

... Liebe Therese, drei Tage später habe ich mitangesehen, wie eine Horde maskierter Männer Appum und diese Frau durch den Busch hetzte. Ich habe gesehen, wie sie Appum festbanden und ihn gezwungen haben, mitanzusehen, was sie allesamt mit dieser Frau taten. Danach haben sie Appum erhängt.

Später durchwühlten sie seine Kabine, schmissen seine Aufzeichnungen über Bord. Mir gelang es heimlich, einen Teil seiner Schriften wieder einzusammeln. Die Peiho dampfte weiter, dampfte der Mündung dieses unsäglichen Flusses entgegen. Die Männer bedrohten mich erneut, sagten, sie alle kämen aus Hamburg, sagten, ich würde sterben müssen, wenn ich auch nur ein Wort über das Geschehene verlöre. Ich bettelte und jammerte, so lange und kläglich, bis sie mir glaubten. Dann war es sehr einfach. Als wir auf Hongkong zudampften, fand ich Kreuzer eines Abends allein an der Reling. Er rauchte eine Zigarre. Ich ging dicht an ihm vorbei, er fühlte sich zu sicher.

Erst am nächsten Mittag stellte man fest, daß Kreuzer nicht mehr an Bord war.

Therese, niemand weiß von dieser Geschichte. Wir dürfen nie, niemals von alldem sprechen, hörst Du? Ich bitte Dich inbrünstig: vergiß, was immer ich Dir von der zweiten Hamburger Südsee-Expedition berichtet habe.

Das Trommelfeuer setzt aus.

Welch unheimliche Ruhe.

....

....

Sie kommen.

Er brüllt, heult, flucht und droht. Kein Halten mehr. Er schlägt wild um sich, in das Gewirr von Gesichtern, Wangen, Nasen, offenen Mündern, Armen und Beinen. Eine infame, von ganz tief innen kommende Stimme jubelt in ihm, obwohl die Schmerzen mit jedem Schlag größer werden, und er spürt, daß ihm das Bewußtsein schwindet – aber da jubelt und lacht etwas, als er selbst einen Treffer gelandet hat, einmal, zufällig, getroffen, eine Nase brach unter seiner Faust, aber dann, aber dann, wo ist der Boden, da sind nur noch Stufen, alles wirbelt um ihn herum, oben und unten, Dunkelheit und Nachthimmel, das Wutgebrüll, das tiefe Profil derber Stiefel, sein Arm ist widernatürlich verbogen, solche Schmerzen, solche Schmerzen, oben und unten, alles ist eins, der letzte Treppenabsatz – er liegt auf dem Bauch, sieht Assia entkommen, sieht, wie ihre Füße gar nicht den Boden berühren, Assia läuft durch die Luft, sieht sich nach ihm um, schreit ihm etwas zu, doch er hört nichts mehr, sein Gesicht ist in einen Schraubstock von Händen gepreßt, sein Blickfeld wird kleiner, rechts ist alles schwarz, irgendwo splittert eine große Glasscheibe, wo ist sein Bein, dieser Schmerz, der vom Unterleib in rasender Geschwindigkeit durch seinen Magen fährt, durch Brust, Mund, Nase, Augen, Hirn schießt, er fliegt, sein Gesicht ist auf dem Schotter ganz weich, der Pilger fragt sich, ob er sich selbst den Arm abschneiden soll, dann schwinden ihm die Sinne.

Mogador

Mein Magen knurrte. Ich drückte die Zigarette aus. Ich hatte viel geraucht, während Appums Stimme von oben gekommen war. Die Sonne sank auf den Atlantikhorizont und der Hal wehte stark und kühl. Ich hörte das Bettzeug rascheln. Appum kletterte die Leiter herab. Er setzte sich zu mir und sah hinaus.

»Tja, das war es. Assia. Assia ist nicht zu halten. Man muß ihr folgen. Verstehen Sie? Paul H.? Ich bin ihr gefolgt.«

»Nach diesem Überfall haben Sie Assia nicht mehr gesehen?«

»Doch. Im Krankenhaus.« …

… Die Männer hatten sich in der U-Bahn still verhalten. Erst als Tadeus Assia zur Flucht aufgefordert hatte, nahmen sie die Verfolgung auf. Vielleicht war alles nur geschehen, weil er Assia gezwungen hatte, ihre Angst zu zeigen.

Katrin kam als erste ins Krankenhaus. »Du hast Glück gehabt. Einer der Männer ist übrigens gestern verhaftet worden. Assia hat ihn identifiziert. Von den anderen dreien weiß man nichts, trotz der sehr detaillierten Beschreibungen, die du der Polizei gegeben hast. Deine Beobachtungsgabe ist phänomenal – manchmal.«

»Wie geht es Assia?«

»Keine Ahnung.«

»Sie war noch nicht hier.«

»Spricht nicht gerade für sie.«

Katrin hielt schweigend Tadeus' Hand. Dann ging sie.

»Das Bein hat es schlimm erwischt. Am meisten Sorgen mache ich mir allerdings um das Auge«, sagte Tadeus.

»Ich hab gerade mit diesem Augenheini gesprochen«, sagte Thomas. »Der meint, das wird wieder. Mann, du hast vielleicht Dusel gehabt.«

»Wie läuft es bei dir?«

»Ich schreib gerade an einem Roman. Was ist mit Assia?«

»Ich weiß es nicht. Sie war noch nicht hier, ruft auch nicht an. Was weiß ich.«

Er hörte sich reden. Er wollte nur eins, wollte, daß sie bei ihm wäre. Sonst nichts. Er haßte sie dafür, daß sie ihn allein ließ.

Sie sahen sich an. Thomas hatte das Zimmer verlassen, als Assia in der Tür auftauchte und ihre Reisetasche fallenließ.

»Ich geh fort«, sagte sie.

»Warst du jemals hier? Bei mir?«

»Ja. Ich war bei dir. Ich weiß nur nicht, ob du das überhaupt bemerkt hast.«

Sie legte eine Hand vor die Lippen.

»Was würdest du tun, wenn ich dir folge? Wenn ich nach Marokko käme?«

»Tu das nicht.«

»Was würdest du tun?«

»Du wirst nicht kommen.«

Sie senkte den Kopf und legte die Hand vor die Augen.

»Ich gehe jetzt.« Sie griff nach ihrer Reisetasche.

»Du gehst jetzt, ja? Ich liege in diesem beschissenen Bett und du gehst?«

»Ich gehe jetzt.«

Sie zog die Tür auf.

»Ich liebe dich«, sagte sie, als sie ging. Tadeus sah, wie die grüne Tür langsam zufiel. Er hörte Assias Schritte im Flur. Das Geräusch ihrer Absätze wurde nicht leiser. Obwohl sie den Flur rasch hinunterging, hörte er ihre Schritte, als trete sie auf der Stelle, als sei der Flur ein Laufband, auf dem sie Hunderte Kilometer Richtung Marokko gehen konnte, ohne sich von der Stelle zu bewegen.

Er habe großes Glück gehabt, seine Wunden heilten zufriedenstellend, sagte der Arzt vor Tadeus' Entlassung. Seine Krankenakte sei ja wirklich interessant. Ob ihn die Krankheit in seinem Beruf nicht behindere.

»Nichts und niemand hindert mich an irgendwas«, sagte er.

»Erstaunlich. Aber gut, freut mich für Sie. Alles Gute, Herr Appum.«

In der Wohnung suchte er nach einem Zeichen von Assia, einem Brief, einem neuen Bild. Aber da war nichts. Im Kleiderschrank lagen noch die meisten ihrer Kleider. Er nahm ihre rote Seidenbluse und hielt sie sich vor die Nase. Er humpelte in sein Arbeitszimmer und nahm die Fotos aus der Schreibtischschublade. Er küßte Assias Achseln, er küßte ihre Augen.

Er steckte die beiden Fotos in einen Umschlag, ging ins Schlafzimmer, legte den Tropenanzug aufs Bett und den Umschlag darauf.

An den Wänden des Reisebüros hingen Plakate: Paris, Weimar, Jamaika. Tadeus trat an den mittleren Schreibtisch. Ein älterer Herr, einen Telefonhörer am Ohr, sah kurz zu ihm auf und bot Tadeus einen Platz an.

»Ein Ticket nach Agadir. Für den nächstmöglichen Flug. Einfach. Täglich um 10.15 ab Fuhlsbüttel.«

»Warum fahren wir nicht über die Küstenstraße?« fragte Tadeus den Taxifahrer.

»Die ist nicht asphaltiert. Auf der Küstenpiste brauchen wir mindestens drei Stunden länger. Waren Sie schon mal hier?« Nachdem Tadeus das Handy den Abhang hinuntergeschmissen hatte, fingerte er im Sitzen den Museumsschlüssel aus der Hosentasche, löste ihn von der Kette und ließ ihn über den Daumen aus dem Fenster springen. Die sandverwehte, gelbe Straße zog sich endlos vor der Motorhaube des Taxis. Kilometer um Kilometer näherten sie sich Mogador. Der Fahrtwind war heiß. Assia. Ich komme, Assia. Ich hole dich …

… »Also, Paul H. Ich hole Assia jetzt. Wo finde ich sie?« Appum ging ins Schlafzimmer. Er zog die Djellabah aus und hielt den braunen Stoff, als wolle er ihn wiegen. Er warf die Djellabah über die Gasse hinweg. Der Hal zerte sie auseinander, bevor sie hinter den Zinnen der Stadtmauer verschwand. Appum zog den Tropenanzug an.

»Ernst Brendler, Tropenausstattung, Hamburg, Große Johannisstraße. Also? Wo ist Assia?«

»Es reicht, Appum. Hauen Sie endlich ab.«

»Wo ist Assia?«

»Es reicht jetzt wirklich. Mein Gott, Sie werden sie nicht finden. Sie finden ja nicht einmal sich selbst. Hauen Sie ab. Fliegen Sie nach Deutschland zurück.«

Dann ging alles sehr schnell. Ich war so überrascht von seiner Kraft, daß ich keine Zeit hatte, mich zu wehren. Er hielt mich von hinten fest und drückte mir die Klinge des Sprungmessers an die Kehle.

»Ethnologen müssen praktisch veranlagt sein. Wo ist sie?«

»Sie können mich mal.«

»Oh, wenn es sein muß, werde ich auch.«

Ich roch seinen kranken Schweiß, ich spürte seinen Atem in meinem Nacken. Der Hal kam durchs Fenster. Wenn ich schluckte, spürte ich die Klinge härter auf meiner Kehle.

»Paul H. Kauft billig und verkauft teuer. Schreibt Porträts und Artikel über das Leben der Menschen in Marokko. Wagt es, Spielchen mit mir zu spielen. Wo ist sie, mon ami? Ich frage nicht noch einmal.«

»Lassen Sie mich los, Appum.«

»Loslassen war noch nie meine Stärke. Wo ist sie?«

»Sie sind vollkommen verrückt.«

»Einverstanden. Wo ist sie?«

Sein Griff wurde fester. Die Kompromißlosigkeit, mit der er mich umklammerte und mir das Messer an den Hals setzte, machte mir angst. Wozu war dieser Mann fähig? Er drückte fester zu.

»Wir wohnen direkt über der Galerie.«

»Na, sehen Sie, geht doch, wenn man will. Machen Sie es sich doch inzwischen gemütlich.« Er wies mit dem Messer auf die Bank unter der Zwischenetage. Rückwärts verließ er das Zimmer und verriegelte die Tür. Ich hörte, wie er Möbel aus der Küche davor schob. Dann war Ruhe.

»Tropenjacke«, murmelte ich, »Handys sind in deiner Welt nie so richtig angekommen.« Meine Hände zitterten, als ich Assia anrief. Dann begann ich, die Tür zu bearbeiten ...

... Es war dunkel, als Tadeus bei der Galerie ankam. Einige Meter links des verschlossenen Tores war eine Holztür. Tadeus entzündete einen Streichholz. Paul Hendricks/A. L. Müller Alachjan. Er klopfte an. Er sah zu den Fenstern hinauf. Links von ihm klapperte etwas. Eine weitere Tür zum selben Haus. Als er eintreten wollte, sah er eine kleine Gestalt im Licht der Scheinwerfer, die die Palmen an der Stadtmauer anstrahlten. Die Gestalt begann zu rennen. Tadeus nahm sofort die Verfolgung auf. Nach wenigen Metern raste ihm der Atem, das Herz polterte in seiner Brust und ruckartig durchschossen Schmerzen sein Bein. Die Avenue de Listiqlal, alle Läden geschlossen, kaum noch ein Mensch unterwegs, nur diese kleine Gestalt, ein schwarzer Schemen in den Schatten der Stadt. Weiter, weiter. Nach links, sie biegt nach links ab. Das mußte die Rue El Fachtaly sein. Dutzende von gähnenden Torbögen. Die Gasse zum Souk. Fischgeruch. Irgendwo ein Glutfeuer. Die Gestalt wechselte die Straßenseite.

»Assia!« schrie er. Sie huschte weiter. Er taumelte voran. Das Mondlicht brach sich in einer gesprungenen Fensterscheibe. Rechtsherum. Richtung Norden. Welcher Saal war das? Hier war er nie gewesen. Ruinen, knirschende Kachelreste unter den Füßen, leere Fenster. Eine Ratte rannte quer über den Steinboden. Der Atem blieb ihm im Hals stecken, seine Lungen brummten. Die Gestalt entfernte sich von ihm, er konnte den Abstand nicht halten.

»Assia!« Er hörte seine Stimme kippen. Er stolperte über einen Haufen Unrat, ruderte mit den Armen. Plötzlich sah er links von sich das Meer. Weit und schwarz, der Mond erhellte den Horizont. Das konnte nicht sein. Die Stadtmauer hatte keine Lücke. Diese Slums hier gab es nicht. Tauchten in keiner Beschreibung auf. Auf jedem Plan war die Stadtmauer durchgängig. Der Wind wehte ihm vom Meer ins Gesicht, fiel kalt auf den Schweiß. Er blieb stehen, hatte das Gefühl, daß sein Körper weiterraste, ohne Unterlaß. Schmerzen schossen ihm durch den Kopf. Er keuchte. Keine Chance, den Atem zu regulieren. Er ging in die Knie. Die Gestalt stand vor einer zerfallenen Mauer. Er wollte sich festhalten, an den Trennwänden der Nische für afrikanische Gegenwartskunst, an der Treppe nach Alt-Ägypten. Er sackte zur Seite und sah kurz die Sterne.

Er stemmte sich hoch. In Mogador verließ er die Zivilisation. Die Gestalt war fort. Er war allein in dieser Stadt. Keine Stimme. Kein menschliches Geräusch. Nur die Brandung. Oder? Ein Lachen? Hat da gerade jemand gelacht? ...

... Am nächsten Morgen frühstückte ich schweigend im Essalam.

In der Nacht war die Leiche der blonden Frau aus Hamburg vom Atlantik angeschwemmt und auf die Felsen gedrückt worden. Sie war das Hauptthema der Gäste des Essalam. Die Leiche war auf einem Kofferkarren zur Polizeistation gefahren worden, ihr Haar voll von Algen und anderem Meeresgewächs.

Einige Tage später rief Assia in Deutschland an. Erst bei Thomas, dann bei Katrin, schließlich im Museum und im ethnologischen Seminar der Universität. Die Polizei überprüfte alle Flug- und Fährhäfen des Landes. Es scheint, daß Appum Marokko nicht verlassen hat.

Ich lebe schon lange nicht mehr in Essaouira. Ich betreibe jetzt eine Galerie auf der Rothenbaumchaussee in Hamburg. Ich bin mit Elsa Andolini verheiratet, einer Sizilianerin. Wir haben eine Tochter und einen Sohn.

Noch vor Jahren bekam ich von Assia jeden Monat eine Karte. Jetzt schreibt sie mir einmal im Jahr. Aus Pakistan, aus Libyen, aus dem Libanon. Sie hat mich wenige Wochen nach den seltsamen Tagen, die ich mit Appum in Essaouira verbrachte, verlassen.

Appum hatte gesagt, daß ich sie nicht würde halten können. Wenn ich heute an meine Zeit mit Assia zurückdenke, wenn ich das Foto ansehe, das ich Appum in Essaouira gestohlen hatte, frage ich mich, ob Assia selbst jemals irgendwo ankommen will.

Ich bin mir sicher, daß ich sie niemals wiedersehen werde.

Nachwort, Dank

Ich danke folgenden Personen für die Unterstützung und die anregenden Gespräche, die zur Entstehung dieses Romans beigetragen haben:

Frau Doktor Kelm, ehemalige Leiterin der Südseeabteilung des Museums für Völkerkunde (MFV) in Hamburg, den Mitarbeiterinnen und Mitarbeitern der Bibliothek im MFV; Frau Dr. Ursula Günther, Islamwissenschaftlerin; Matthias Fieber, Mediziner; Ralf Bitter, Kartograph, ›National Geographic Deutschland‹; Anette Heilmann, Islamwissenschaftlerin; Anna Bartels, Auswärtiges Amt, (mittlerweile tätig an der Botschaft in Damaskus, Syrien); den Mitarbeitern der Wirtschaftabteilung der Marokkanischen Botschaft, Berlin; Dr. Manfred Peters, Tropenmediziner.

Ich habe die Südsee-Expedition umgestaltet, wie es die Figuren meines Romans erforderten. Die Charaktere sind frei erfunden, lediglich mit Namen verstorbener Forscher versehen. Besonders der Maler Hans Vogel wurde meiner Geschichte entsprechend umgedeutet, in Wirklichkeit war Vogel nicht mehr an Bord der Peiho, während diese den Sepik abfuhr. Vogel war in Friedrich-Wilhelmshafen zurückgeblieben.

Auch habe ich dem Großvater von Tadeus F. Appum einige Worte von Dr. Reche in den Mund gelegt, die er in seinem Bericht über die Befahrung des Kaiserin-Augusta-Flusses niedergeschrieben hatte. Die Angestellte in Harrys Hamburger Hafenbasar hat keine abfälligen Bemerkungen über das Völkerkundemuseum gemacht. Die nicht scharfgeschlossene Alarmanlage und die als eher nachlässig geschilderten Nachtwächter entsprechen nicht dem wirklichen Sicherheitsstandard des Museums.

Essaouira, Hamburg
Frühling 2001 bis Winter 2002/03